영상
노트

JN412315

MODERN FANTASY STORY

텀블러 현대판타지 장편소설

투자의 귀신 제6권

초판 1쇄 인쇄일 | 2025년 08월 27일
초판 1쇄 발행일 | 2025년 09월 03일

지은이 | 텀블러
발행인 | 조승진

편집기획팀 | 이기일, 김정환
출판제작팀 | 홍성희

펴낸곳 | 데이즈엔터(주)
주소 | (07551) 서울, 강서구 양천로 570, NH서울축산농협 NH서울타워 19층(등촌동)
전화 | 02-2013-5665(代) | **FAX** 032-3479-9872
등록번호 | 제 2023-000050호
홈페이지 | www.daysenter.com
E-mail | alldays1@daysenter.com

ISBN 979-11-427-2181-6
ISBN 979-11-7309-573-3 (세트)

※잘못된 책은 본사나 구입처에서 교환하여 드립니다.
※저자와의 합의하에 인지를 붙이지 않습니다.

VISION

The Legend of the
private equity fund

텀블러 현대판타지 장편소설

MODERN FANTASY STORY

투자의 신 鬼

HISTORY

재벌의 탄생
남서울 신흥재벌

건강이 곤 재산이다
트레이너 철금강과 함께하는 헬스레이드

자본주의 고인물에게 배우는 실전투자

후계자를 키우는 방법
떡잎부터 슈퍼리치

회귀자를 위한 슬기로운 투자생활

6

투자의 귀신

1장 퇴사도 쉽지는 않아

한결이 호명을 할 때마다 이사진들은 오뉴월에 서리를 맞은 듯이 몸을 부르르 떨었다.

"…오진명, 김광수, 조현세."

"자, 잠깐! 이건 모함이야! 회장님, 부회장님! 이건 말이 안 됩니다! 저 머리에 피도 안 마른 것이 뭘 안다고…."

호명된 이사들은 억울함을 호소하며 본인의 청렴결백을 주장했다.

물론 무의미한 발악에 불과했다.

"에이, 우리 선수끼리 이러지 맙시다. 사람은 거짓말해도 문서는 거짓말 안 하지. 스톡옵션이 증여된 기록이 여기 떡하니 있는데 그렇게 발뺌해서 되겠습니까?!"

방유진은 뭐가 그렇게 재미있는지, 이사진을 향해 이죽

였다.

그런 그의 은은히 미쳐 버린 눈동자는 공포감마저 자아낸다.

—나, 나 저거 본 적 있어. 사이코패스가 나오는 그 영화의 주인공이 딱 저런 눈이었어.

'아, 그거 저도 본 것 같아요. 그래도 덕분에 모양새는 제대로 나오네요.'

—그래 맞아, 살려 줘 봐야 언젠간 내 뒤통수치겠다고 나올 거거든. 그래서 정치계에선 한번 칼을 뽑으면 절대 자비를 베풀지 말라고 하는 거야.

'칼춤을 추려면 제대로 미친놈처럼 추라는 거네요.'

IX홀딩스의 왕권을 거머쥐려 돌아왔다는 것을 만천하에 알리려는 듯, 방유진은 미친 망나니처럼 언제든 칼을 휘둘러 이사진들의 목을 쳐내겠다는 기세다.

물론 그 칼날은 누구도 막아내지 못할 정도로 예리했다.

한결이 정성 들여 제련해서 갈아 온 것이기 때문이다.

"…오상식, 홍진양 그리고 한청수."

한청수라는 이름이 호명되자 모두의 시선이 한 전무에게로 집중되었다.

이사진들의 표정에는 불신이 어려 있다.

설마하니 한청수 이사까지 연관되어 있을 것이라고는 상상도 못 한 모습이다.

한결은 그 무언의 물음에 대답하듯 살생부 명단을 덮었다.

"한청수 전무님까지 총 여덟 명의 이사진들께서 스톡옵션을 받으셨고, 이는 불법증여로서 검찰청 조사를 받아야 할 범죄사실로 여겨집니다. 인정하십니까?"

"…어린 친구가 꽤나 건방지군. 아까부터 자꾸 검찰, 검찰 하는데. 우리를 쇠창살 안에 집어넣을 자신은 있고?"

"못 해도 본전 아닙니까? 어차피 이대로 이사회에 이름을 못 올리게 되는 것은 당연한 사실이고, 설사 귀환을 준비한다고 해도 이미 이사회 정관은 수정되어 있으니 아마 때가 늦지 않았을까요?"

이 바닥에서 불명예퇴진은 추후 노년의 여생을 좌우할 수도 있다.

모든 커리어와 인맥 등 본인의 기반 자체가 날아가게 될 것이기 때문이다.

여생을 걸고 벌였던 도박에서 한청수는 한결에게 완패했다.

"일전에 제게 이런 말씀을 하셨죠, 후회하게 될 거라고. 그 말, 그대로 돌려 드리지요."

"크하하하! 한 전무! 맛이 어때? 응?!"

이제 와서 한 전무가 무슨 말을 한다 해도 무의미했다.

패자의 구차한 변명에 불과할 뿐만 아니라, 어차피 더 이상 회사에 남아 있을 자격이 없기 때문이다.

쾅!

자리를 박차고 일어난 한청수가 한결에게 눈을 부라렸다.

"…이게 끝이라고 생각하면 오산이다. 내가 이대로 죽을 것 같아?"

"오산은 경기도에서 찾으시고요. 아무튼, 잘 가십시오. 멀리 안 나갑니다."

바로 그때, 방윤설 상무가 손을 번쩍 들었다.

"범죄에 연루된 이사들을 해임하는 안건을 상정하겠습니다."

"우선 본 안건부터 표결한 뒤에 다음 안건을 상정하도록 하겠습니다. 방금 전 이사회에서 자격이 박탈된 이사들을 제외한 나머지 이사들께서는 거수로 투표에 참여해 주십시오."

"이건 말도 안 돼요! 사전에 상의되지 않은 안건이 어떻게 이사회에 상정될 수 있죠?! 게다가 아직까지 배임이나 횡령의 혐의는 밝혀지지도 않았잖아요!"

안미희가 마지막 발악을 하고 나섰다.

한결이 피식 웃으며 대답해 줬다.

"이곳을 나가면 어차피 검찰에 끌려가게 되어 있습니다."

"…뭐가 어째?"

똑똑.

가벼운 노크 소리와 함께 살짝 열린 회의장 문 밖에는 서울중앙지검 수사관들이 대기하고 있다.

"요즘 콩값이 많이 올라서 콩밥은 잘 안 나온다고 하더군요. 콩 좋아하시는 분들은 실컷 드시고 들어가세요."

게임은 끝났다.

§ § §

무려 서울지검에서 친히 마중 나와 체포해 간 IL그룹 이사진들은 구속을 피하지 못했다.

찰칵, 찰칵!

촤르르르!

사방을 포위하다시피 한 기자들의 플래시 세례를 뚫고 한청수를 비롯한 비리 피의자들은 도망치듯 검찰청 안으로 들어갔다.

TV로 그 모습을 지켜보던 한결의 표정에는 다소 복잡한 감정이 어렸다.

-기쁘지 않냐? 왜 그렇게 똥 씹은 표정을 하고 있어?

"일이 너무 쉽게 풀리지 않았어요?"

어쩐지 걱정이 가득한 한결의 표정에 차상식은 고개를

저었다.

-그래? 넌 쉬웠어? 난 졸라 어려웠던 것 같은데? 큭큭큭!

"에이, 진짜! 장난치지 말고요!"

차상식은 최근 제자 놀리는 맛에 산다고(?) 해도 과언이 아니었다.

하지만 장난을 치든 교육을 하든 언제나 진심으로 한결을 대했다.

-과정이 쉬웠다면 그만큼 준비가 철저했다는 의미야. 달리 말하면 과정이 지난할수록 준비가 부족했다는 의미이기도 해. 깊게 생각할 필요 없어. 우리는 이겼고, 저놈들은 진 거야.

"흠……."

말 그대로 압승이었다.

그러나 한결은 왠지 기분이 좋지 않았다. 마치 중요한 뭔가를 하나 빼먹은 것 같은 느낌이랄까.

"아, 찝찝한데……."

-그건 그렇고, 퇴사는 언제 할 거냐?

차상식의 물음에 살짝 정신줄이 빠져나가려던 한결은 이내 정신을 차렸다.

"맞다! 이제 곧 계약만료가 되는구나."

-약속대로 깔끔하게 청소해 줬고, 이사진이랑 맞다이

떠서 이겼으니까 당장 퇴사해도 부회장 쪽에선 할 말 없을걸?

"흠!"

차상식의 말대로였다.

다만, 이미 익숙해진 이곳을 떠나려니 어딘지 모르게 마음이 무거워졌다.

그러나 언제까지 이곳에 머무를 수도 없는 노릇이었다.

–고객이 될 회사랑 너무 가까워도 별로 안 좋아. 주변에서 너를 IL그룹의 방계 일원쯤으로 생각할 수도 있거든.

"그건 곤란하죠! 저는 스타캣 라인의 순혈인데."

–큭큭! 스타캣에도 라인이 있어?

"내가 만들면 있는 거지."

–맞네, 만들면야 있는 거긴 하지.

"그럼 뭐, 말 나온 김에 지금 당장 떡밥부터 좀 뿌려 놓을까요?"

한결은 당장 방유진과 방영호에게 연락을 돌렸다.

§ § §

다음 날 아침.

"안 됩니다."

"…안 된다니요?"

한결은 방유진에게서 황당한 통보를 들었다.

"에이! 기껏 함께 이런 걸작을 만들어 놨는데, 퇴사라뇨. 부사장 자리 줄 테니 그냥 회사에 있어요. 알겠죠?"

IX홀딩스 사장으로 부임할 방유진에게 퇴사를 의논했더니 일언지하에 거절을 당했다.

한결의 나이에 부사장 직함이면 그야말로 업계의 전설이자 레전드가 될 것이지만, 자신에게는 다른 목표가 있었다.

"거절을 거절하겠습니다."

"아, 거참! 이제 막 사장으로 컴백한 사람한테 너무하는 거 아닙니까? 실망이네요! 흥!"

"…장난하지 마시고요."

"아, 내가 장난이 좀 심했나요? '흥!' 은 좀 너무했네. 쩝!"

장난으로 얼버무리려 했지만, 방유진의 마음은 진심이었다.

어렵사리 손에 넣은 인재를 놓아주기 싫다는 노골적인 표현이었다.

똑똑.

두 사람이 대치하고 있는데 한 훤칠한 청년이 문을 열고 들어왔다.

신임 비서실장 안태하였다.

"대표님, 이제 곧 등기에 서명하셔야 합니다. 준비하시죠."

"으으! 네가 존대하니까 졸라 징그럽잖냐!"

"…장난 아니고, 서명 준비하세요."

"새끼 팍팍하긴!"

두 사람은 중학교 동창이다. 안태하는 방유진이 방황하던 시절에 그를 보호하며 지금에 이르게 한 인물이다.

안태하가 있었기에 지금의 방유진도 있는 것이었다.

그런 안태하 실장에게 한결은 단도직입적으로 말했다.

"이봐요, 안 실장님."

"네, 상무님."

"사직서 제출하려는데 예비 대표님께서 도통 내 말을 안 들어 주시네요. 대신 수리 좀 해 주시죠?"

안태하 실장은 얕은 한숨과 함께 한결에게 다가오더니 비뚤어진 넥타이를 고쳐 매 주었다.

"갑자기 왜 그러십니까? IL그룹의 날카로운 칼이라고 불리시는 사람이."

"그게 무슨 소리입니까?"

"이따가 시간 되면 인터넷 신문기사 좀 보세요. 댓글에 사람들이 당신을 IL그룹에서 가장 날카로운 칼이라고 부르더군요. 원래 그건 중앙지검의 타이틀이었는데 말입니다."

중앙지검 특수부에게나 붙는 타이틀이 한결에게 붙은 것이다.

그만큼 이번 이사회 숙청이 인상적이었다는 뜻이겠으나 한결은 크게 관심 없었다.

"날붙이는 조심히 다뤄야죠. 원래 숙청이 끝나면 칼춤 춘 사람은 하야하는 것이 관례 아닙니까?"

"요즘은 그런 관례 없어요."

"…말이 안 통하네."

"신 상무님이야말로 말이 안 통하시네요. 아! 상무님이 아니고 부사장님이시지."

한결은 자신을 꽉 붙들고 있는 것은 방유진이 아니라 안태하라는 사실을 어렵지 않게 알 수 있었다.

'이 새끼가 사람 목에 개 줄을 채우려고 하네?'

–재미있네! 저 망나니 옆에 과연 어떤 놈이 앉아 있나 했더니, 제법 똘망똘망한 놈이 자리를 꿰차고 있었어.

'안 되겠어요. 방영호 부회장을 찾아가야겠네요!'

§ § §

그날 밤, 한결은 방영호와의 약속장소인 강남의 요정을 찾았다.

쿵덕!

"어얼쑤!"

"좋다!"

구성지고 듣기 좋은 국악의 가락이 한결의 귓전을 살래살래 울린다.

방영호는 한결에게 술을 권했다.

"한잔할까?"

"잔만 받아도 되겠습니까? 차를 가져와서 말입니다."

"아참, 퇴근하던 길이랬나? 뭐, 그럼 그렇게 해."

잔만 받고 술잔을 내려놓는 한결에게 방영호가 쓴웃음을 지었다.

"그리도 회사를 나가고 싶나?"

"정해진 수순이라고 생각합니다. 권력은 이제 방 대표에게로 몰아주는 것이 옳지 않겠습니까?"

"자네가 권력을 수호해 주는 포지션으로 있으면 안 되는 것이고?"

"외람된 말씀입니다만, 저도 이제는 제 갈 길을 가야지요."

"뭐, 그것도 맞는 얘기이긴 하지."

방영호는 젊은 두 사람과는 다르게 말이 통하는 인물이었다.

아쉬움을 비울 줄 아는 사람인 것이다.

"좋아, 가도록 해."

"이해해 주셔서 감사합니다!"

"하지만 IX홀딩스와는 완벽하게 정리를 끝내는 것이 좋지 않겠어? 자네가 직접 말이야."

"방 대표는 제 생각을 들어줄 생각이 전혀 없는 것 같던데요?"

"그래도 자네가 적을 두던 회사와는 깔끔하게 정리를 하는 것이 좋아. 그래야 업계에도 소문이 좋게 날 것이고, 창업을 하든 이직을 하든, 자네에게 큰 도움이 된단 말이야. 내 말, 무슨 뜻인지 알지?"

올바른 이직, 방영호는 그 시작이 정리라고 역설한 것이다.

결국 상황은 제자리였지만, 한결의 마음은 아까보다 훨씬 더 나아졌다.

—맞는 말이긴 하네. IL그룹을 스타캣의 첫 고객으로 맞을 것이라면 방 뭐시기를 확실하게 구워삶을 필요가 있지.

'아… 그 새끼 그거, 말이 아예 안 통할 것 같던데?'

지이이잉!

방영호와 안녕을 고하고 요정을 나서려는데 전화가 걸려왔다.

이명선 과장이었다.

"아! 이 과장. 이 시간엔 어쩐 일이에요?"

—…상무님, 사실입니까? 우리 부서가 해체된다는데요?

"네?!"

§ § §

이명선 과장에게서 들은 얘기는 너무나도 뜻밖이었다.

개편된 IX홀딩스의 부서명단에 자산운용실과 투자관리

부가 빠져 있다는 것이었다.

"…말이 안 되잖아요. 갑자기 멀쩡한 두 개의 조직을 한꺼번에 날려 버린다?"

"그래서 구조조정실에 알아봤더니, 신임 대표이사 지시사항이라고 하더라고요."

난감한 상황이었다.

만약 저 두 개의 부서가 결속되지 못한 채 흐지부지 없어지면 기존의 부서원들은 뿔뿔이 흩어져 박힌 돌처럼 지내야 할지도 모른다.

—이야, 방유진이가 다른 건 몰라도 정치는 제법이네. 네 맹점이 뭔지 잘 알고 있잖아.

'하필이면 내가 만들고 키워 낸 부서를 없애겠다니!'

방유진은 한결의 강점이자 약점인 책임감을 정확하게 노리고 카운터를 쳤다.

이대로라면 계약연장은 어쩔 수 없는 선택이 될지도 모른다.

'아… 이 새끼들이 사람을 졸라 귀찮게 하네!'

—별수 있냐? 그래도 방법을 찾아봐야지.

'흠!'

일단 한결은 이명선 과장을 진정시켰다.

"내가 내일 방 대표를 만나 볼게요. 뭔가 착오가 있었던 것은 아닌지, 혹시 우리가 착각하고 있는 것은 아닌지 말이에요."

"…알겠습니다. 그럼 상무님만 믿고 있겠습니다."

이제 이명선도 한 팀의 팀장이다. 휘하에 여러 부하들이 딸려 있는데 부서 해산이라는 악재는 아무래도 받아들이기 힘들었을 것이다.

—저쪽도 책임감이 투철한 리더가 한 명 있었네!

'음!'

이번에는 한결의 표정이 미묘하게 변했다.

이명선이 한결의 스카우트를 받아들일지 미지수였기 때문이다.

'책임감이 저렇게 투철한데 굳이 팀원들을 버리고 퇴사를 할까요?'

—사람은 저마다 사정이라는 게 있는 거야. 그래서 헤드헌터가 어려운 직업인 거고.

'정말 그러네요. 리더를 캐스팅한다는 게 쉽지 않은 거였어요.'

§ § §

이른 아침, 한결은 성큼성큼 걸어서 대표이사 집무실을 찾았다.

심상치 않은 한결의 모습에 비서진들이 앞을 가로막는

다.

"상무님, 지금 대표님께서 중요한 통화 중이셔서……."

"아, 그래요?"

한결은 비서진들의 만류에도 불구하고 집무실 문을 벌컥 열고 들어갔다.

그러자 전화기를 들고 있던 방유진이 한결을 바라보며 슬쩍 윙크했다.

"…그래요, 내가 다시 전화할게요. 이야, 신 부사장! 아침부터 아주 활기가 넘치네요!"

"뭐 하자는 겁니까? 내 부서들은 갑자기 왜 해산시키는 건데요?"

"해산이라니! 재조정이지. 부사장이 전담하게 될 투자□재무본부, 줄여서 재무본부의 일원이 될 사람들입니다. 해산 아니에요!"

아침부터 한결이 대표이사 집무실에 쳐들어왔다는 말에 비서실장도 따라 들어왔다.

물론 그는 별 대수롭지 않다는 듯 보고서를 올릴 뿐이었다.

"대표님, 여기 서명 부탁드립니다. 아! 부사장님 오셨습니까?"

"…이봐요, 안 실장. 이거 해도 해도 너무하는 거 아닙니까?"

"부서 개편하는 게 너무한 일입니까? 그럼 매년 인사이동을 하는 사람들은 전부 부조리를 당하고 있는 거네요."

너무나도 천연덕스럽게 굴어서 뭐라 할 말이 없었다.

한결은 이 두 사람을 바라보며 미간을 좁혔다.

도대체 이러는 이유가 뭘까?

"나 정도 되는 사람은 헤드헌터에게 돈 조금만 쥐여 주면 얼마든지 찾을 수 있을 겁니다. 그런데도 불구하고 이러는 이유가 뭔데요?"

"이유가 뭐 있겠습니까? 지금 우리에게 당신은 꼭 필요한 사람이니까 그렇죠."

"나보다 능력 좋은 사람들도 많잖습니까."

"그야 그럴지도 모르죠. 하지만 상황이 상황이니 만큼, 물류연합을 이끌어 줄 사람은 상무님뿐이라는 겁니다."

"…물류연합?"

안 실장은 방 대표에게 올리려던 보고서를 한결에게 건네주었다.

[…달러화 가치 하락에 대한 엔저 쇼크 우려…]

"달러화 하락으로 원화가치가 상승 중입니다. 잘못하면 엔저 쇼크로 우리만 새 될 수도 있다는 게 전략기획실의 견해이고요. 우리 비서진들도 마찬가지로 생각하고 있습니다.”

사장의 참모들은 달러화 가치 하락이 결국에는 IX홀딩스의 경쟁력 약화로 이어질 수 있다고 입을 모으고 있었다.

―뭐, 틀린 얘기는 아니네.

‘그렇다고 사람을 이렇게 엮어요?’

―큭큭! 오죽하면 그랬겠냐?

‘결국에는 회사의 현재 사정이 안심할 단계가 아니라서 그러는 거잖아요?’

―원론적으로 본다면 현재로선 그게 맞는 얘기이긴 하지.

한결은 고개를 끄덕였다.

“다른 건 몰라도 동맹강화를 위해서라도 내가 있어야 한다는 거잖아요?”

“다른 이유도 있습니다. 일일이 읊어 드려요?”

“…됐고요. 결국에는 회사의 사세유지를 위한 일이었네요.”

“뭐, 그렇다고 볼 수도 있고요.”

생각보다는 일이 쉽게 풀릴 수도 있겠다 싶은 생각이 든다.

한결은 마음속으로 한 달을 기약했다.

“계약기간이 아직 2개월 남았나요?”

“네, 그랬을 겁니다. 계약서 다시 쓸까요?”

“됐습니다. 일단 계약기간 동안까지만 지켜보는 것으로

하자고요.”

“그래요! 이렇게 순순히 따라 주시니 얼마나 좋습니까? 안 그래요?”

한결은 이사회에서 나갈 수 있는 비장의 카드를 만들어 내기로 마음먹었다.

§ § §

오후 일정을 모두 비운 뒤, 한결은 한택글로벌로 향했다.

교통편은 자동차 대신 지하철을 이용했다.

–차는 왜 버리고 왔냐?

‘안 버렸어요. 그냥 모셔 둔 거지.’

–큭큭! 너, 회사에서 하도 못살게 굴어서 꼰티 부리는 거지?

‘…아니거든요.’

비서실장이 마음에 안 들어서 이놈들 말을 들어주는 것조차 짜증이 날 정도였다.

지하철을 타고 한택글로벌까지 가는 동안 글로벌 증시에 대한 흐름을 수집했다.

[…유럽증시의 연이은 급락과 유럽중앙은행의 금리인상 기조가 부딪치면서 유로화 가치가 연이은 하락세를 기록하

는 것으로…]

[…유로화 표시채권들의 연이은 가치하락으로 영국 파운드화의 가치가 상승하고 있는 것으로…]

'이탈리아 경제에 타격이 가해지더니 결국 유럽은행이 금리를 계속 올리려나 보네요.'

–지금쯤이면 아주 채권들이 쓰레기 취급을 받겠는데?

'흠…… 지금이라면 유럽에 공격적인 투자를 감행해도 괜찮을까요?'

차상식은 한결이 내놓은 의견에 대한 근거가 궁금해졌다.

–왜 그렇게 생각하는데?

'이탈리아 경제만 잘 처리되면 유럽의 경기는 다시 살아나지 않을까요?'

–그에 대한 근거는?

'유럽의 경제적인 체력?'

차상식은 피식 웃음을 짓더니 고개를 가로저었다.

–틀렸어.

평소와는 달리 명확하게 '틀렸다'라고 지적했다. 그만큼 한결의 답은 차상식이 가진 지식의 선에서 크게 벗어났다는 뜻이다.

–자, 잘 생각해 봐. 이탈리아의 금융위기가 과연 일시적인 현상인 걸까? 아니면 도미노 현상의 전조증상인 것일까?

'…도미노?!'

—내가 얘기했었지, 탈유럽 자본들이 아시아로 몰려든다고. 그 말뜻이 뭐냐면, 유럽을 아예 탈주하겠다는 뜻이야.

'철새처럼 되돌아가는 게 아니라 아예 탈주를 한다고요?'

—유럽국가들의 경제적인 체력은 이제 한계에 도달했다고 봐. 왜냐? 나라에도 수명이라는 게 있는데, 저 사람들은 경제적으로 너무 오랫동안 호황을 누려 왔잖아. 이제는 뿌려 놓은 것들에서 수확을 얻으며 살아야 하는데도 유럽은 이제 그러기엔 너무 멀리 와 버렸거든.

'어디선가 들은 적이 있는 것 같은데? 아! 경제학 수업에서!'

—그래, 국가에도 나이가 있다는 거!

'그렇게 유로존이 늙어 버리면 두 번 다시 투자하기는 어려울까요?'

차상식은 미묘한 웃음을 지었다.

—글쎄다. 과연 어떨까? 하락장도…….

'아! 그러네! 깜빡 잊고 있었어요!'

—그래, 이놈아! 리스크도 결국엔 투자의 한 부분이라고 누누이 얘기했잖냐. 넌 다 좋은데 한 가지에 너무 매몰되는 경향이 있어.

'…확실히 그렇기는 하죠.'

—뭐, 그건 앞으로 시간이 지나면 더 나아지겠지.

이 업계에서 한결의 명성이 점점 높아지고 있기는 하지만 차상식이 보기에 아직도 한결은 갈 길이 멀어 보였다.

§ § §

전미윤 부장은 한결이 퇴사하려 한다는 소리에 약간 당황한 눈치였다.

"…신한결 상무가 없는 IX홀딩스라? 글쎄요, 그렇게 되면 IX홀딩스와 거래할 메리트가 있기는 할까요?"

"일단 지금까지 쌓아 놓은 기반은 전부 IX홀딩스에 있고요, 저는 퇴사해서 투자처 관리만 하려는 겁니다."

"그건 지금 다니는 회사에서 해도 충분하잖아요?"

"기왕이면 생산업체 관리에 박차를 가하는 게 좋지 않겠습니까? AS컴퍼니에서."

"아! 투자귀신 쪽으로 이직하시려고요?"

"투자귀신을 아세요?"

"에이, 요즘에 투자귀신 모르는 사람도 있어요?"

–크큭! 혼자 북 치고 장구 치는 게 웃기기는 하네!

현재 한결은 AS컴퍼니에서 스카우트 제안을 받은 것으로 되어 있었다.

스스로 이직제안을 보내 사모펀드로 자신을 끌어들이려는 그림을 그린 것이었다.

"AS컴퍼니에서 이제 드디어 회사의 체계를 잡는다는 얘기는 들은 것 같기는 한데, 그게 신 상무님한테까지 갔어요? 하긴 AS컴퍼니 측에서 본다면야 실무담당자가 이직해 주는 것보다 좋은 그림은 없겠죠."

"그래서 말인데, 이제 한택글로벌 쪽에서도 생산업체 관리는 AS컴퍼니에 일임해 주셨으면 합니다. 지금처럼 IX홀딩스를 통하는 것이 아니라요."

"음? 그래도 되는 거예요?"

"물론이죠! 중소기업 대상 투자야 전부 AS컴퍼니에서 진행했는걸요."

마치 아주 대단한 사실을 깨달았다는 듯, 전미윤 부장은 눈을 휘둥그레 떴다.

"…그러고 보니 그러네?"

"사실상 IX홀딩스가 동맹을 주도하고 있는 것처럼 보이지만, 그거야 거래처 관리와 생산거점 관리를 모두 IX홀딩스에서 해서 그런 것이고요. 이제는 동맹의 결속을 주도하는 쪽과 투자 및 생산실무를 주도하는 쪽을 분리할 필요가 있다는 거죠."

"음! 물류와 거래처 관리는 IX홀딩스에서 하지만 생산관리와 설비투자는 AS에서 한다는 거잖아요?"

"그렇죠. 완벽한 이분화."

한결의 역설은 충분히 설득력이 있었다.

"좋은 계획이긴 하네요. 리스크를 나눠 짊어지는 것이 가장 안전한 방법이기도 하고, 사실상 IX홀딩스가 모든 짐을 짊어지는 것도 무리가 있기도 하고요."

"조직 체계상으로도 분업이 필요한 시기가 되기도 했지요!"

누구나 고개를 끄덕일 만한 역설이었다.

"하지만 한 가지 궁금한 점이 있어요."

"뭔데요?"

"AS컴퍼니가 그 모든 업무를 감당할 만한 체계가 잡혀 있나요?"

순간, 한결은 할 말을 잃었다.

너무 정곡을 찔려 버렸기 때문이었다.

—이야! 저 여자가 날카롭기는 하네. 그치?

'투자금 수천억을 출자한 회사이지만, 회사는 체계 자체가 없었다. 하긴 우리가 지금까지 엔젤협회에게 너무 의지하고 살아온 면이 많긴 하죠. 그럼 어쩌죠? 이런 것도 인수합병으로 구축이 가능한가?'

차상식은 씨익 미소를 지었다.

—자, 그럼 지금부터는 조금 새로운 종류의 수업을 시작해 볼까?

'잉? 새로운 종류의 수업이라니요?'

—이를테면 일종의 족대, 혹은 통발전술이랄까?

§ § §

이른 아침의 AIB는 바쁘게 돌아간다.

그러나 로버트 스와든은 그 어떤 업무보다도 고객들의 이메일을 가장 먼저 열어 보았다.

[발신자 : 투자귀신]

[제목 : 인수합병 요청]

이메일에서 가장 먼저 눈에 띄는 것은 투자귀신의 인수합병 요청서였다.

[…위의 총 여섯 개 회사에 대한 인수, 합병을 진행해 주십시오. 단, 인수방식은 부채상환 조건입니다]

로버트 스와든은 일단 요청으로 들어온 여섯 개 회사에 대해 알아보기 시작했다.

어떤 요청이든지 간에 일단 인수대상에 대해 알아보는 것은 기본 중 기본이었다.

"음!"

한데 시작부터 난관에 부딪히고 말았다.

이 여섯 개 회사들은 전부 부채비율이 200% 상당의 엄청난 부실규모를 자랑하고 있는 것이었다.

그나마 인수총액 자체가 총액 600억 상당으로 비교적 낮다는 것이 위안이 되지만, 이건 그야말로 부실채권 600억을 고스란히 떠안게 되는 일이다.

천하의 투자귀신이 삽질을 할 리가 없는데…….

로버트 스와든은 이놈의 귀신이 도대체 무슨 생각을 하고 있는 것인지 도통 알 길이 없어서 난감했다.

하지만 일단 인수를 진행해 달라는 요청을 받았으니 움직이긴 해야 할 것이다.

인수합병 인허가를 위해 본부장 요시하라 사토루를 찾아갔다.

얼마 전, 한국지부의 인수합병 본부장으로 발령받은 요시하라 사토루는 동아시아를 아우르는 '재벌 전문가'로 손꼽히는 인물이며 비공식 로비스트로 통한다.

본부장에게 요청서를 올리자 대뜸 호탕한 웃음부터 터트렸다.

"으하하! 스와든! 자네 참 재미있는 사람이로군!"

"…예?"

"고작 600억으로 수천억짜리 보험을 들겠다는 거잖아. 이야, 자네 다시 봤어?"

이게 도대체 무슨 뚱딴지같은 소리란 말인가? 본부장이 오늘 점심에 뭘 잘못 먹었나 싶었다.

"이거, 이거… 요물이네!"

"무슨 말씀인지 잘…."

"에이! 선수끼리 왜 이래? 이 회사들, 재벌들이 정치인들에게 뒷돈 찔러 줄 때 썼던 회사들이잖아! 우리 업계에선 모르는 사람 빼곤 다 아는 사실인데, 자네는 아예 눈치 못 채고 있었어?"

"…투자업계에 그런 소문이 돕니까?"

요시하라 사토루는 이제야 좀 알겠다는 듯, 슬그머니 고개를 끄덕였다.

"아하! 그렇게 된 거였어? 오호!"

"……?"

"자네 이거 투자귀신한테서 받은 요청서지?"

"그렇습니다만."

"으하하! 투자귀신이 로비스트들끼리만 공유하는 소문까지 빠삭하게 꿰고 있을 줄이야. 이야, 이거 몰랐네?"

순간, 로버트 스와든은 요시하라 사토루가 왜 그렇게 웃어 댔는지 알 것도 같았다.

일반인들은 잘 모르는 아주 어두운 뒷이야기들에 대해 줄줄이 꿰고 있던 투자귀신은 비리의 온상인 회사들이 매물로 나오자마자 잽싸게 인수합병을 단행한 것이었다.

"왜 미국에서도 그런 거 하는지 모르겠는데 말이야. 한국에는 통발이라는 게 있어. 나도 친구를 통해서 알게 된 건데 말이야, 바닷속으로 미끼가 든 일종의 어항 같은 것을 던져 놓거든? 그런데 이 통발에는 물고기가 들어가면 절대 나올 수가 없는 구조로 되어 있어서 하루 정도 푹 담가 두면 알아서 고기가 잡혀."

"들어 본 적 있는 것 같습니다."

"그래, 그 통발! 투자귀신은 지금 통발을 던진 거잖아."

"…기업들이 정치인들에게 비자금을 상납하던 회사들이 법정관리에 들어가자마자 냅다 건져 올려서 그 안에 뭐가 들어 있는지 알아보려 한다는 겁니까?"

"그래, 일종의 족대 같은 느낌일 수도 있겠네."

"음……."

"그렇군. 투자귀신이 도대체 뭐 하는 사람인지는 몰라도 정보에 엄청나게 밝다는 것만큼은 알겠어."

로버트 스와든은 투자귀신을 알면 알수록 신기한 사람이라는 생각이 들었다.

다만, 생각보다 더 무모한 사람이기도 했다.

"그런데 이게 지금 공정위랑 엮여 있어서 인수를 한다고 해도 무사할지는 잘 모르겠는데."

"공정위라니요?"

"저 회사들이 얼마 전에 발행했던 신용장이 불량이라는 사실이 드러나면서 인터폴에서 수배령이 떨어졌거든. 그래서 지금 공정위가 수색을 하네 마네, 난리도 아니야."

"아?"

"뭐, 아무튼 간에 투자귀신이 요청했다면 해 줘!"

"그랬다가 우리까지 덤터기를 쓰면 어쩌려고요?"

요시하라 사토루는 로버트 스와든의 걱정 어린 말을 듣곤 그저 피식 웃었다.

"그런 깡다구로 투자귀신 같은 사람을 감당하겠다고 한 거야? 차라리 나한테 넘기지 그래?"

"예?"

"고작 그 정도 그릇으로는 절대 투자귀신을 담을 수 없을 거야. 내가 장담하건대, 그런 마음가짐으로는 본전도 못 건져!"

이 사람이나 저 사람이나 다들 제정신이 아닌 건 확실했다.

한데 이상하게도 로버트 스와든은 그런 정신 나간 마인드마저도 매력적으로 느껴졌다.

"담겠습니다! 투자귀신을 말입니다!"

§ § §

[인수합병이 완료되었습니다. 곧 회사등기를 송달할 테니…]

"…진짜 이래도 되는 거예요?"

—안 될 것 있어?

"아니, 그렇잖아요? 인터폴에서 수배까지 때린 놈들인데요?"

—큭큭큭! 이 새끼 이거, 새가슴이네! 인마, 진짜 문제가 될 것 같았으면 사법부가 나섰겠지!

"…아?!"

차상식은 신용장 문제가 생겼고, 거기에 공정위가 끼어든다는 얘기를 들었을 때부터 뭔가 느낌이 왔었다.

이것이야말로 대박을 낚을 수 있는 절호의 찬스임을 말이다.

—공정위가 끼어든다는 건 말이지, 여기 우리가 침 발랐으니까 어쭙잖게 끼어들면 X된다는 걸 보여 준 거야. 하지만 내가 호구냐? 그런 말도 안 되는 속임수에 넘어가게?

"확실히 그러네요! 법적으로 문제가 있었으면 검찰이 먼저 쑤셔 버렸겠죠!"

—그래, 인마! 이래서 사람이 눈치가 빨라야 한다는 거야.

이 눈치라는 것은 돈을 주고도 배울 수 없는 영역이다.

경험이 쌓인다면 어느 정도 길러질 수도 있겠지만, 재능의 영역이라고 해야 할 것이다.

그런 의미에서 차상식은 그야말로 타고난 사람(?)이었다.

"아무튼 간에 이 회사를 인수하면 우리는 AS컴퍼니의 근간 정도는 만들 수 있다는 거죠?"

–아예 완벽하게 페이퍼컴퍼니였다면 애초에 신용장 발행이 되지도 않았을 거야.

"우리 회사 굴릴 정도의 조직은 갖추고 있었을 것이다?"

–어쩌면 그 이상이었을지도 모르지. 왜냐? 비자금을 관리한다는 게 보통 짱구로는 안 되는 거거든!

"그렇긴 하겠네요."

–이제 뭐, 인수합병 끝나면 조직들 규합해서 하나의 회사로 꾸리면 되는 거야.

"그런데 있잖아요? 이놈의 회사들은 과연 정상일까요?"

한결이 가장 궁금한 것은 바로 이것이었다.

비리의 온상으로 굴러먹던 회사들이 과연 정상일까?

–그거야 뚜껑을 따 봐야 아는 거고.

"…엥? 그럼 그것에 대한 확신은 없었다는 거잖아요?"

차상식은 확신에 가득 찬 미소를 지었다.

–인마, 아까도 말했잖냐. 비자금을 관리한다는 게 그렇게 쉬운 일이 아니라니까? 아마 어지간한 금융기관보다 짜임새가 좋을 거다!

"음… 비록 그게 짜가 회사라도 말이죠?"

–큭큭! 짜가라는 말, 졸라 오랜만에 들어 보네. 그래, 짜가! 짝퉁이라도 회사는 회사라 이거야!

"흠, 그럼 일단 IX홀딩스에서 퇴사부터 하고, 그리고 저

것들의 뚜껑을 열어 볼까요? 아니면 반대로?"

—퇴사부터 질러 버려!

§ § §

쇠뿔도 단김에 빼랬다고, 한결은 회사가 합병되자마자 바로 방유진을 찾아갔다.

방유진 대표는 IX홀딩스의 업무를 이원화시키는 전략을 가져온 한결을 물끄러미 바라보았다.

"…굳이 사모펀드로 이직을 하시겠다?"

"사모펀드이지만 사장님에게는 그 누구보다 든든한 파트너입니다."

방유진은 도무지 이해를 못 하겠다는 듯, 고개를 들어 안태하를 바라보며 설명을 요구했다.

"야, 태하야. 넌 이해가 되냐?"

"이해가 안 된다고 공적인 자리에서 반말하시면 곤란합니다."

"…딱딱한 새끼."

안태하는 바늘로 찔러도 피 한 방울 안 나올 인간이었다.

방유진은 그걸 새삼 절감하곤 다시금 한결에게 시선을 맞췄다.

"도대체 이해가 안 되네. 부사장 자리를 주겠다고요. IL

그룹 이사회에서 떵떵거리면서 살 수 있는데, 도대체 왜 그런 가시밭길을 가겠다는 거예요? 도통 이해가 안 되네!"

"가시밭길인지 꽃길인지는 제가 하기에 따라 달린 일 아닙니까?"

한국의 사모펀드는 해외에서보다 인지도가 그다지 좋지 못하다.

그동안 대한민국의 재계를 이끌어 가는 원동력으로서 많은 일을 해 왔으나, 과거 IMF금융위기 시절에 한국으로 쳐들어왔던 '론스타'에 대해 상당히 부정적인 인식이 강해진 것이었다.

"아무리 재계가 예전 같지 않다지만, 사모펀드는 여전히 어려워요. 일반기업과는 다른 취급을 받는다고요."

"저, 원래 순혈도 아니고, 그렇게 될 생각도 없습니다만."

"끝까지 아웃사이더로 남겠다?"

"또 모르죠. 나중에는 사모펀드의 수장이 될지도."

"흠!"

대화를 나누고 있지만, 방유진은 여전히 한결을 이해할 수 없었다.

그때, 대표이사 집무실 문이 열리며 방영호 부회장이 걸어 들어왔다.

"남자가 때론 물러설 줄도 알아야 하는 법이지."

"…큰아버지?"

"부회장님 오셨습니까?"

방영호가 왔음에도 불구하고 방유진은 자리에서 일어서지도 않고 얼굴을 잔뜩 찌푸린 채 앉아 있었다.

하나 방영호는 크게 개의치 않고 소파로 걸어가 앉았다.

"저 친구는 네가 품을 수 있는 그릇이 아니야. 놓아 줘."

"제가 이사회로 끌어 온 사람입니다. 큰아버지는 신경 끄시죠?"

방유진은 날이 바짝 서 있었다. 아직도 뭔가 가족들에 대한 반감이 크게 남아 있는 모양이었다.

방영호는 그런 조카를 굳이 나무라지는 않았다.

다만 조용히 타이를 뿐이었다.

"사람이란 말이다. 만남이 있으면 헤어짐도 있는 법이야."

"…그래서 저를 감옥에 보내셨습니까?"

"미안하다만, 그건 네가 부모 복이 없는 거고. 네 박복함을 네게 호소한다고 뭐 달라지겠어?"

"짜증 나게 맞는 말만 하시네?"

"너도 나이 먹어 봐라. 이렇게 될 거야."

개념이 없는 조카를 질타하기보다는 적당히 맞춰 주며 대화를 이어 나가자 싸가지 없이 굴던 방유진도 어느 정도는 정상으로 돌아온 것으로 보였다.

한결은 그런 타이밍에 자신의 계획에 대해 얘기했다.

"지금 사표를 쓰고 회사를 나가 IX홀딩스가 전담하고 있는 과도한 업무를 AS컴퍼니와 나눠 조금 더 짜임새 있는 연합을 만들고 싶습니다. 그러기 위해선 아름다운 이별이 필요하겠죠."

"…이 세상에 아름다운 이별은 없어요. 저 양반이 뭘 모르시네. 원래 이별은 더럽고 치사한 거라고!"

한결은 피식 웃었다.

"영원한 이별이라고 한 적은 없는데요?"

"그럼 뭔데요!"

"IX홀딩스와 AS컴퍼니는 협력관계이지만 IL그룹은 제가 창업할 때, 1호 고객이 되어 줄 회사입니다. 그런데 영원한 이별이라고 할 수 있을까요?"

"…책임은 지지 않고 적당히 재미만 보겠다? 그건 책임 없는 쾌락인데?"

"누가 책임 안 진다고 했습니까? 파트너로서 끝까지 책임진다니까요?"

거참, 끝까지 질척거리네.

차상식이 만약 이 자리에 살아 있었다면 방유진의 면전에 대고 소리라도 질러 줬을 것이다.

하지만 한결은 그에게 약간의 시간을 주기로 했다.

"인재가 아까워서 그러는 것이라면, 나도 이해가 갑니

다. 하지만 인재라는 건, 자기에게 맞는 사람도 있고 아닌 사람이 있는 겁니다. 저는 대표님에게 맞는 인재가 아닌 거죠."

"…말은 청산유수네."

"저보다는 안태하 실장에게 집중하시죠. 아주 영악하고 약삭빠른 것 같은데 말입니다."

안태하는 눈썹을 꿈틀거렸다.

"다 들리는데요."

"알아요. 들으라고 한 소리니까."

"아놔! 이렇게 재미있는데 어떻게 포기를 하겠냐고!"

여전히 질척거리긴 해도 방유진도 어느 정도 마음의 정리를 한 모양이었다.

한결은 방영호 부회장에게 꾸벅 고개를 숙였다.

"그동안 정말 감사했습니다!"

"앞으로도 좋은 관계를 이어 나가 보자고."

"네!"

드디어 한결은 IX홀딩스와 아름다운 이별을 했다.

제2장
새로운 시작에 앞서

아름다운 이별에 걸맞은 송별회가 열렸다.

한결을 아는 사람들, 회사 내에서 한결을 진심으로 따르던 사람들이 모두 모였다.

“상무님! 진짜로 회사를 나가신다고요?”

“가지 마세요!”

다소 상투적으로 들릴 수도 있겠지만, 한결은 저 사람들의 한마디 한마디가 모두 진심이라는 것을 알고 있다.

그 진심의 종류가 모두 조금씩은 다르겠지만 말이다.

-기껏 제대로 줄 하나 잡았다고 생각했는데, 그놈이 떠난다니 다들 아쉽나 보네.

‘그냥 좀 좋은 뜻으로 들어 주면 어디 덧나요? 꼭 저렇게 초를 치더라!’

—크크! 세상이 원래 그래! 회사에서 어디 사람 자체만을 좋아해 주는 놈들이 그리 흔하겠냐?

'뭐, 그건 그렇지만.'

이젠 한결도 안다.

이 세상은 그렇게 아름답게만 굴러가지 않는다는 것을 말이다.

이제 곧 부장으로 승진하게 된 차장 3인방이 한결의 곁으로 다가왔다.

"믿기지 않습니다! 최연소 상무이사, 잘하면 우리 회사 부사장님이 되셨을 분이 이렇게 허무하게 떠난다니요!"

"어디선가는 또 좋은 인연으로 만나겠죠."

"AS컴퍼니에서는 좋은 조건을 제시해 줬습니까?"

차장 3인방의 눈이 반짝거린다.

마치 주인이 간식을 던져 주길 기다리는 강아지들처럼 말이다.

—크크크! 봐라, 이게 인간이야! 남의 떡이 더 커 보이는 법이거든!

'망둥이가 뛰니 꼴뚜기도 뛰네. 나 참.'

이직의 정보를 좀 달라, 그런 속내를 정말 유감없이 드러냈다.

하지만 굳이 저들까지 데리고 나가고 싶지는 않았다.

어쨌거나 IX홀딩스라는 회사가 잘 굴러가야 한결에게도

도움이 될 테니 말이다.

“차장님들 같은 인재들이 다 빠져나가면 IX홀딩스는 누가 지키라고 그러십니까?”

“아, 아하하! 에이! 누가 들으면 우리가 이직이라도 준비하는 줄 알겠습니다!”

“그럴 일은 절대로 없죠! 다들 안 그래?!”

너스레를 떠는 걸 보니 한결이 제대로 정곡을 찔렀다는 것을 알 수 있었다.

한결은 웃으며 그들의 잔을 채워 주었다.

“제가 없어도 이 회사, 잘 지켜 주시기 바랍니다. 앞으로 우리가 함께할 일이 너무나도 많아요!”

“그럼요! 열심히 하겠습니다!”

차장들은 혹시나 한결이 자신들을 데리고 나가지 않을까, 그런 기대를 해 보았지만 이내 마음을 접었다.

그들에게는 이미 성공가도가 열려 있는데 굳이 무리해서 새로운 땅을 찾아 떠날 이유는 없기 때문이었다.

한결의 곁에는 새로운 사람이 찾아와 자리를 잡았다.

주진혁과 곽도철이었다.

“상무님이 팀장님이던 시절부터 충성을 맹세했는데… 정말 아쉽습니다!”

“그래도 AS컴퍼니면 거의 한 식구나 마찬가지이니 그나마 좀 낫네요!”

한결은 이 두 사람에게서도 무한한 가능성을 보았다.

만약 이명선 과장 이외에 누굴 데리고 나갈 것이냐고 묻는다면, 단연 이 두 사람을 꼽을 것이었다.

다만, 아쉬움은 아쉬움으로 남겨 두는 편이 나았다.

'욕심을 부리면 안 되겠죠?'

-협력사 관계가 될 사람들이잖아. 어쩌면 이명선 한 사람만 데리고 나가는 것만으로도 그림이 이상해질 수도 있는 판국에 추가인원 편성은 좀 그렇지.

'쩝! 어쩔 수 없죠.'

생각 같아선 산하의 모든 인원들을 데리고 이동하고 싶었지만, 그것은 한결의 욕심이었다.

IX홀딩스의 기강이 무너지면 앞으로의 사업에도 악영향을 미칠 것이 분명했기 때문이다.

"앞으로도 해물찜에 소주 한잔하면서 지내자고요."

"네, 그럼요!"

§ § §

어느새 술자리를 파하고 삼삼오오 모여서 2차에 3차를 가자며 모두들 밖으로 나왔다.

이제 홀로 남겨진 한결은 슬슬 사택에서의 마지막 하루를 보내려 걸음을 옮겼다.

바로 그때, 그의 곁으로 익숙한 얼굴이 다가왔다.

"상무님!"

"아! 이명선 과장!"

"아까 다들 한 잔씩 술을 돌리시던데, 저는 왜 안 찾으셨어요?"

"이렇게 찾아올 거라는 걸 알았으니까?"

한결은 이명선의 성격을 잘 안다.

꼼꼼하고 다정하지만, 어딘가 날카로운 구석이 있는 사람이라 한결이 뭔가 모나게 행동하면 그걸 빠르게 캐치해 낼 것이었다.

때문에 한결은 이명선에게 굳이 따로 얘기를 꺼내지 않았었다.

"밀당이 많이 느셨네요!"

"이게 다 이명선 과장 덕분 아니겠습니까? 저를 살뜰하게 보필해 주고 상무이사까지 만들어 냈으니, 그동안 나도 많은 것을 배웠지요."

이명선은 한결의 말이 듣기에 꽤나 괜찮은 모양인지 기분 좋은 미소를 지었다.

"누가 들으면 제가 평강공주인 줄 알겠네요."

"맞잖아요? 일자무식 바보온달을 물심양면으로 도와 여기까지 오게 만들어 줬으니."

이명선은 고개를 가로저었다.

“저는 이사님께서 처음 회사에서 목숨을 살려 주셨을 때, 그때부터 진심으로 이사님을 따라야겠다고 마음먹었습니다. 제가 이사님을 믿고 따른 것은 그런 진심에서 우러나온 것이었죠.”

—크! 진국이다!

차상식은 이명선의 한 마디 한 마디에 깊은 감동을 받았다.

그만큼 이명선은 한결과 함께하는 내내 마음씨가 고운 사람이었다는 뜻이다.

“이명선 과장, 괜찮다면 앞으로 나와 함께 일해 보지 않겠어요?”

“상무님과 함께?”

“AS컴퍼니로 이직해서 보다 큰 꿈을 펼쳐 보자는 겁니다.”

“……음.”

어쩌면 그녀도 한결의 제안을 어느 정도는 예상했는지도 모른다.

뭔가 올 게 왔다는 듯한 표정이었다.

하지만 그녀는 당장에 답을 주지는 않을 생각이다.

“제게 시간을 조금만 더 주시겠어요?”

“그럼요! 얼마든지요! 물론 이명선 과장이 IX홀딩스에 남겠다고 하더라도 나는 괜찮아요. 그 또한 이명선 과장의 선택이니까. 나는 당신의 선택을 존중할 겁니다."

빙그레 미소를 짓는 이명선의 표정에 한결은 긍정적인 대답으로 느껴졌다.

'희망은 있나 보네요!'

-사람은 그동안 쌓아 온 신뢰에 따라서 움직이기 마련이거든. 다만, 그녀가 움직이면 다른 사람들도 함께 움직일 수도 있다는 변수가 있으니, 어떻게 될지는 모르지.

'아!'

신뢰는 이명선 과장에게만 쌓인 것이 아니었다.

잘하면 연쇄반응을 일으킬지도 모른다는 부담감이 있으니 앞일은 아무도 예측할 수가 없다.

다만, 한결은 이명선 과장이 자신에게 오지 않더라도 실망하지는 않을 것이다.

어쨌거나 이명선이라는 사람이 자신을 진심으로 따랐다는 것을 확인했으니, 그걸로 됐다.

§ § §

IL그룹의 이사회 조정과정에서 탄로 났던 이사진들의 비자금 은닉 사실은 사회적으로 상당히 큰 파장을 일으켰다.

[…대기업 이사회의 썩은 살점을 드러내는 것이 우리 사

회의 숙제가 아닐까 하는 생각이 재계 전체로 퍼지고 있습니다…]

"어휴, 술자리에서까지 그런 라디오를 꼭 들어야겠어?"

오늘도 역시 허름한 포장마차에서 술잔을 마주하게 된 심규섭과 김태일, 이런 술자리에까지 일을 끌고 온 심규섭에게 김태일은 연거푸 타박을 해 보았지만 소용없었다.

심규섭은 빙그레 미소를 지었다.

"우리의 작품이잖아. 뿌듯하지 않아?"

"뭐, 그렇기는 한데……."

말로는 우리의 작품이라고 말했지만, 심규섭은 진짜로 이 작품을 만든 사람이 누구인지 알고 있었다.

바로 투자귀신, 어쩌면 그 새로운 본체가 될 수 있는 신한결이라는 사람 말이다.

"어쩌면 말이야, 신한결이라는 사람은 형님을 대신할 인물인지도 몰라!"

"신한결이 만약 고 차상식 회장의 아이디를 도용한 것이라면?"

심규섭은 고개를 가로저었다.

"그건 불가능해. 미국의 천재 해커들이 설계에 참여한 보안시스템이야. 저 사람이 해킹의 신이 아니고선 절대 뚫을 수 없어."

"흠…… 그렇다는 건 고 차상식 회장이 제자를 거두었다는 건데, 그건 전혀 말이 안 되는 소리잖아?"

말 그대로 독불장군. 고 차상식 회장은 사람들에게 '독고다이' 라는 말을 자주 들었을 정도로 곁을 내주지 않기로 유명했다.

그나마도 친구의 아들이 아니었다면 제자라 부를 수 있을 만한 인물을 한 명도 남기지 않았을지 모른다.

그런 차상식이 자처해서 제자를 만들어 키웠다는 건 쉽게 인정할 수 있는 부분이 아니긴 했다.

하지만 심규섭은 차상식을 잘 아는 사람으로서 뭔가 느낌이 왔다.

"아니야, 저 친구는 뭔가 결이 달라!"

"자네는 저 친구를 모르는 사람이잖아?"

"모르지. 하지만 느낌이 와! 뭔가… 형님의 발자취에서 느껴졌던 향기가 난달까?"

이번에는 김태일도 고개를 끄덕였다.

"뭐… 그야 그렇기는 하지. 비슷한 점이 많기는 해."

차상식의 측근은 아니었으나 그에게서 꽤나 많은 도움을 받았던 김태일은 차상식 특유의 저돌적이고도 속 깊은 스타일을 잘 알고 있었다.

그런 면에서 본다면 신한결은 리틀 차상식이라 부를 수 있는 유일한 인물일 것이었다.

"그렇다면 이번에 AS컴퍼니가 인터폴 수배까지 받았던 회사들을 인수한 것도 뭔가 나름대로 계획이 있다고 봐야 할까?"

AS컴퍼니가 최근 뜨거운 감자였던 여섯 개 회사를 인수한 것을 두고 관계에서도 말이 많았다.

인수대상자들이 사실은 고위공무원들에게 비자금을 뿌린 뒷구멍이었다는 것을 모두가 알음알음 알고 있었기 때문이다.

심지어 이 여섯 개 회사는 검찰조직과도 연관이 있었다.

심규섭은 김태일의 가설에 고개를 가로저어 답을 주었다.

"아니야, 거기까지 알고 덤벼들었을 가능성은 적다고 봐."

"어째서?"

"만약 그랬으면 합병까지 가기 전에 벌써 무슨 일이 터졌어야 정상이잖아."

"하긴 차상식 회장이었다면 진즉에 이걸로 무슨 일을 벌이고도 남았을 테지."

"다만… 걱정되는 부분이 하나 있다고 한다면, 주변에선 절대 그렇게 생각하지 않을 것이라는 점이겠지."

김태일은 심규섭의 생각에 동조했다.

"재계에서는 투자귀신이 정계의 발작버튼을 일부러 눌렀

다고 생각할 거고, 정계에서는 투자귀신이 재계의 칼잡이가 아닌가, 뭐 그런 생각을 할 수도 있을 거고."

"의도했든 의도하지 않았든 간에 주사위는 이미 신한결의 손을 떠났다고 봐야겠지."

잘못하면 공공의 적이 될지도 모르는 상황이었다.

"어떻게, 도와줄 거야?"

위기에 처한 리틀 차상식.

과연 심규섭은 어떤 선택을 할 것인가?

김태일이 관심을 갖고 있는 부분에서 의외로 심규섭은 아무런 행동도 하지 않기로 했다.

"지켜볼 거야."

"그냥 두고만 볼 거라고?"

"일단은 당분간 지켜보기만 할 생각이야."

"그러다가 다치기라도 한다면?"

"원래 사람은 그러면서 배우는 법이잖아?"

"음……."

심규섭은 깊이 고민했지만, 나온 답은 하나였다.

과연 차상식이 살아 있고, 그의 제자가 지금과 같은 행동을 했다면 어떻게 대처했을까?

마치 차상식 특유의 톡톡 튀는 웃음이 귓전에 맴도는 것 같았다.

"인마, 사람은 원래 뒈지게 깨지면서 배우는 거야!"

"라고 말했을 것 같기는 하네."

"그래, 그랬을 것 같지 않아?"

"맞네……."

가끔은 그저 바라보는 것만으로도 도움이 될 때가 있다.

심규섭은 만약 한결에게 위기가 찾아온다면, 그 또한 성장의 발판이 될 것이라 확신했다.

"아참, 그나저나 IL그룹 이사회의 비자금 사건은 어떻게 처리될 것 같아?"

"당연히 징역을 보내야지. 비자금은 회수하고!"

사필귀정. 심규섭은 자신의 할 일을 묵묵히 해낼 뿐이다.

§ § §

인수가 마무리된 회사의 내부자료가 인천 창고에 도착했다는 소식이 들려왔다.

한결은 곧바로 인천항으로 향했다.

—…또 지하철이냐?

'눈에 띄지 않고 좋잖아요?'

지하철을 타고 서울에서 인천까지 간다는 건 생각보다 시간이 오래 걸린다. 그럼에도 불구하고 한결은 어지간하면 지하철을 이용했다.

그게 조금이지만 보안에 유리하기 때문이었다.

물론 차상식의 표정은 그다지 좋지 않았지만 말이다.

-그건 그렇고, AIB에서 보낸 관련 서류나 조금 더 읽어 보자.

'재검토하시려고요?'

-원래 이런 건 두 번 세 번 읽어 보는 게 정석이야.

'생각보다 꼼꼼하시네요? 재능만 믿고 대충 사는 타입인 줄 알았는데.'

-…인마, 아무리 대충 살아도 검토할 건 하고 넘어가는 게 보통의 인간 아니겠냐?

'큭큭, 아저씨도 보통의 인간이었어요?'

차상식은 얼굴 가죽을 잡아당기며 자신이 원래는 인간이었다는 것을 증명해 보였다.

-나도 피와 살로 이뤄진 인간이… 었어. 지금은 비록 귀신이지만.

'하긴 아저씨도 인간인 시절이 있었겠죠.'

만약 폰지사기에 엮이지만 않았어도 차상식은 지금쯤 전설이 되었을 것이다.

그것도 재계의 영웅으로 추앙받으면서 말이다.

그런 투자영웅에게도 검토는 필수적인 일이었다.

[관련 채권 보유현황]

[금액합계 : 34,210,000,000원]

[특이사항 : 채권단 합의 의사 있음]

'채권총액이 300억이라…. 저 작은 회사들이 참 빚잔치를 많이도 했었네요.'

–저건 회사가 아니라 로비창구야. 그렇게 생각하면 오히려 채권금액이 너무 적다는 생각이 들지 않냐?

'원래 채권금액은 보통 어떤 식으로 구성되는데요?'

–기업이 땡길 수 있는 최대한을 땡기지. 어차피 깡통으로 만들어서 부도처리할 건데, 굳이 이것저것 생각하고 잴 거 뭐 있냐? 걍 닥치는 대로 돈을 빨아들이고 보는 거지.

'미래를 생각하지 않는 무책임함이라, 뭐 그런 건가요?'

–인간이 책임에서 자유로워지면 범죄자가 되는 거잖냐. 한데 범죄도 한번 시작하면 끝도 없이 새로운 자극을 찾아가게 되어 있거든. 비자금도 마찬가지야. 처음에는 소소하게 시작한다고 하더라도 결국에는 다소 극단적인 상황에까지 자신을 몰아가게 되지.

'공돈을 흥청망청 쓰다 보니 남의 돈 쓰는 게 당연해졌다고 봐야 하겠네요.'

–그래, 저게 만약 국회의원들 똥구멍을 닦아 주던 돈이라고 치면, 생각보다는 너무 적다는 얘기지.

'하긴 300억이면 선거 한 번 치르기에도 벅찰 정도의 돈일 텐데 말이죠?'

—지금이 뭐 5공화국 시절이라면 저 정도도 나쁘지 않은 규모이긴 하지. 하지만 지금은 세월이 변했잖냐. 그냥 돈만 바른다고 끝나는 게 아니야. 정치도 이제는 정보전, 인터넷 전쟁이거든.

'돈 들어갈 구멍은 더 많아졌는데 규모는 오히려 줄어들었다.'

—…이번에 AIB에서 과연 뭘 보내왔을지 몹시 궁금해진단 말이야. 넌 인마, 이런 상황에 꼭 느려 터진 지하철을 타야겠냐?

'급할수록 돌아가라. 몰라요?'

—성질 급한 사람은 이미 숨 거두고도 남을 시간이야, 짜식아!

'이미 숨은 거뒀으면서 무슨.'

—…너 그거 고인 드립인 거 아냐?

'에이, 그렇게까지 말할 거 뭐 있어요?'

좋든 싫든 차상식은 한결에게 붙어 있는 귀신이니 뭘 타고 이동하든 선택권이 없다.

지하철에서 내려 버스를 타고 이동했다.

'그나저나 궁금한 게 하나 있는데요.'

—뭔데?

'HMN은 도대체 무엇 때문에 아저씨를 그 지경으로 만든 걸까요?'

-이유가 궁금하다는 거야?

'그렇잖아요? 뭔가 이유가 있으니 그런 극단적인 짓까지 벌였겠죠.'

-흠, 글쎄다. 나도 이유가 뭔지 너무 궁금해.

'그럼 한명진은 어떤 사람이었는데요?'

한명진이라는 이름이 나오자 차상식의 눈동자가 사정없이 떨리기 시작한다.

하나 이내 평정심을 되찾았다.

-…한명진. 그래, 그놈이 있었지. 내 동업자이자 의형제였던 녀석.

'아저씨가 의형제로 삼았을 정도면 신의가 꽤 두터웠겠네요?'

-내가 어릴 적 고아원에 살았을 때, 한명진은 같은 학교에 다니는 수재였어. 동네에서 소문난 신동이었지.

'그럼 아저씨보다 똑똑했어요?'

차상식은 한결의 말에 헛웃음을 쳤다.

-허! 똑똑해? 나보다 똑똑한 사람이 어디 있냐? 말도 안 되는 소리지.

'…그거 되게 재수 없는 발언인 거 아시죠?'

-재수 없어도 할 수 없지. 태어난 걸 그렇게 태어났는데 어쩌겠냐?

분명히 웃음을 짓고 있지만 차상식의 미소는 썩은 무를

씹은 것 같았다.

그 감출 수 없는 씁쓸함이 한결에게도 그대로 전달되었다.

'그런데 그게 왜 그렇게 씁쓸해 보여요?'

―영원한 1등은 만년 2등에게 죽을 때까지 시기와 질투를 받게 되어 있거든. 정상에 있다는 것도 그렇게까지 유쾌한 일은 아니야.

'그렇다면 한명진은 아저씨의 친구이자 라이벌이었겠네요?'

―…라이벌이라면 라이벌이었지. 한때는 말이야, 내가 가끔은 져 주는 게 그 친구를 위한 일이라고 생각한 적도 있었어. 그래서 이따금 엎치락뒤치락하면서 등수대결을 한 적도 있었거든? 그런데 그게 경쟁을 과열시켜서 그놈의 성질을 건드리게 될 줄은 나도 몰랐어.

'나름대로는 친구를 생각한 건데… 독이 되어 버렸네요.'

차상식은 안 그래 보여도 마음이 여린 사람이었다.

가장 큰 문제는 여린 마음을 어떻게 잘 다루고 남에게 표현해야 할지 잘 모른다는 점이었다.

그의 우정 표현은 어쩌면 한명진에게 있어선 고통이었던 것인지도 몰랐다.

―뭐 아무튼, 갑자기 한명진 얘기는 왜 나와? 찝찝하게시리!

'갑자기 생각이 났어요. 그렇게 친했던 사람이 왜 배신

을 한 건가 궁금해서요.'

–만약 한명진이 진실을 토해 내기 전에 내가 먼저 성불하면, 내 묘비에라도 꼭 글로 적어 주라. 나도 졸라게 궁금하거든!

'그 전에 같이 알아내자고요.'

§ § §

이런저런 얘기를 나누다 보니 어느새 인천항 창고에 닿았다.

여기저기 갈라져 이가 나간 외벽도장과 곳곳에 핀 곰팡이, 다소 을씨년스럽게 남아 있는 '방원상가' 라는 페인트 각인까지. 언제나 느끼는 것이지만, 이곳은 느와르와 잘 어울린다는 생각이 든다.

'건달이 한 100명쯤 우르르 쏟아져 나와도 전혀 이상할 것 없겠네요.'

–원래 외형이 풍기는 포스라는 것이 있는 법이야. 너 같아도 이런 창고는 함부로 털 엄두가 안 나지 않겠냐?

'하긴 이미지가 갖는 힘 같은 게 있기는 하죠.'

창고 안으로 들어가자 늘 봐 오던 파란색 PP박스가 한결을 반긴다.

PP박스를 열어 안의 내용을 확인해 보았다.

[IM 엔터테인먼트 전환사채 목록…]

[한성주류 일반회사채…]

[금일신용금고 은행채…]

자잘한 채권들이 많았지만, 눈에 딱 띄는 것은 이 세 가지였다.

"엔터사와 주류, 신용금고라?"

-흠, 전혀 연관성이 없는 것 같은 느낌인데?

채권 이외에는 딱히 영양가 있을 만한 물건은 없었다.

설마하니 회사 여섯 개를 털었는데 이 정도밖에 나오지 않을 줄이야.

힘이 쭉 빠졌다.

"이딴 거에 수백억을 태웠다니……."

-뭔가 좀 이상한데?

"아저씨는 이 회사들에게 뭔가 기대한 것이 있었나 봐요?"

-있었지! 내가 원한 것은 외부에서는 알 수 없는 고급 정보였는데…….

"이 정도 털어선 나오기 힘든 뭔가가 있다는 걸까요?"

-젠장, 여기서 연결고리가 끊어지나?

HMN과 주가조작 세력이 같은 집안사람들이 아니라는 것은 알아냈지만 그것은 어디까지나 추측에 불과했다.

그 나머지 조각을 끼워 맞추는 것이 바로 이번 인수의 목적이었다.

-피스가 안 맞아.

"엔터와 주류, 신용금고……."

한결은 이 세 가지 채권들을 가만히 바라보았다.

그러자 뭔가 실마리가 잡힐 것 같았다.

지금까지 HMN과 주가조작 세력들은 비슷한 궤를 가진 전략으로 연명해 왔었다.

"호구를 모집하는 사람들, 엔터테인먼트."

-엔터가 호구를 모집해?

"주류회사와 손을 잡으면 유흥가와도 연결이 되죠. 언젠가 그랬잖아요? 물랑루즈는 연예인 지망생들을 데려다가 일을 시킨다고. 그리고 거기서 수많은 접대와 로비가 이뤄진다고요."

-음?

"엔터에서 호구를 모집하고 판때기에 앉히는 일은 사실상 주류회사가 한다고 해도 이상할 게 없죠. 거기에 신용금고는 자금을 회전시켜서 현금화한다거나 작전주에 펌프질을 해 준다고 생각하면……."

-…어라? 그림이 얼추 비슷하게 나오네?

한결은 고개를 가로저었다.

"아니죠! 더 큰 그림이 나오죠. 엔터사와 주류회사는 단순히 이 작전에 가담한 것이 아니라 두터운 한 축이었던 거예요!"

지금부터 중요한 것은 이 채권이 어디서 나온 것인가, 그것이었다.

HMN과 이 채권들이 연관이 있었다면, 그들 역시 작전주 세력과 궤를 같이하고 있었다는 뜻이다.

-…인프라는 공유하고, 서로 남남인 것처럼 행동한다?

"그러니까, 이 새끼들은 단순히 자문만 받은 게 아니었어요!"

잘하면 HMN의 어두운 부분과 조금 더 가까워질 수도 있겠다 싶은 생각이 든다.

한결은 과거 인트펀드에 동원되었던 회사들의 명단을 가지고 역추적을 시작해 보기로 했다.

"만약 과거 인트펀드 사건과 연관되어 있는 회사들을 찾아낸다면, 저놈들의 뒤통수를 칠 수도 있겠다는 생각이 들지 않아요?"

-그럼 일단 이 회사의 내부사정부터 천천히 살펴볼까? 잘하면 인트펀드로 가는 지름길을 찾을 수도 있을 것 같아!

천천히, 하지만 기민하게 움직여야 한다.

한결은 우선 출근 전에 어느 정도 회사 내부사정을 파악해 놓기로 했다.

§ § §

"뭐?! 우리 뒷조사를 하고 다닌다고?"

"쉿!"

이제 AS컴퍼니의 소속이 된 두 명의 부장, 경인하와 고상균이 카페에서 얘기를 나누다가 일순간 목소리를 낮췄다.

고상균은 AS컴퍼니의 신임사장이 회사 임직원들의 뒤를 캐고 다닌다는 얘기를 주워들었고, 그것을 동료인 경인하에게 넌지시 귀띔한 것이었다.

경인하가 한쪽 입꼬리를 올렸다.

노골적인 비웃음이었다.

"우리 짬밥이 얼마인데, 뒷조사를 한다고? 하! 웃기지도 않는군."

"듣자 하니 무슨 낙하산 비슷한 거라고 하던데, 대표이사가 제 딴에는 용을 쓰나 봐."

"용쓰면 뭐 하겠어? 그래 봤자 낙하산 나부랭이가."

"…그렇겠지?"

경인하는 고개를 가로저었다. 짐짓 귀찮다는 표정으로 손까지 휘휘 내저었다.

"아, 뭐! 됐고. 남은 부장 열 명인가 하는 놈들에 대해서 좀 얘기해 봐. 그놈들은 어떻대?"

"상태가 좋은 새끼도 있고, 영 찐빠인 새끼도 있지, 뭐."

"알아낸 건 그게 다야?"

"나도 뭐 시간이 남아돌아서 이러는 줄 알아? 여기까지 알아낸 것만 해도 어딘데?"

대표이사가 뒷조사한다는 것 말곤 딱히 뭔가 정보는 없는 것 같은데, 첩보영화 한 편을 뚝딱 찍은 것 같은 행동이었다.

그런 행동에 당황할 만도 했으나, 경인하는 그러려니 하는 표정으로 수긍했다.

"그래, 자기가 그 정도 움직였으면 많이 움직인 거지."

"하여간 난 말이야, 자네만 믿고 회사에 남은 거야. 알지? 나는 딱 자네만 믿고 있을게!"

입사 동기였지만 고상균은 어딘가 약간 나사가 하나 풀린 것처럼 행동할 때가 있다.

경인하는 그런 고상균이 동기라는 것에 한숨을 내쉬곤 한다.

물론 항상 나사가 풀려 있는 것은 아니었다.

"아! 그래, 그런 얘기가 있더라!"

"음? 무슨?"

"대표이사가 엄청 젊대!"

"…젊어? 얼마나?"

"아직 마흔도 안 된 애송이라던데?"

"30대?! 진짜?"

"진짜라니까!"

낙하산에 30대 애송이라니, 잘하면 대표이사를 찜 쪄 먹을 수도 있겠다는 생각이 든다.

§ § §

언제나 그렇듯, 해는 항상 같은 위치에서 떠오른다.

한강 변을 내달리는 한결의 얼굴에는 약간의 여유, 혹은 안정감 같은 것이 엿보인다.

-뭔가 압박에서 좀 벗어난 느낌인데?

'IX홀딩스에서 버텨야 한다는 압박감이 좀 있었나 봐요. 결국 거긴 남의 회사니까 잘해야 한다는 것에 대한 부담감이 있었던 것 같아요.'

-넌 딱 사업가 체질이구나! 그래, 아주 좋은 타이밍에 잘 벗어났어.

내 회사라는 느낌 없이 그저 책임감 하나만으로 달려간다는 것은 여간 어려운 일이 아니었다.

한결은 이제 고용된 임원이라는 감투를 내려놓고 홀가분하게 새출발을 할 수 있게 되었다.

조깅을 마치고 집으로 돌아와 전용 사우나에 앉아 몸을 덥혀 주었다.

"이야… 집에 사우나가 있다는 게 이렇게 편한 줄은 몰랐네요!"

—남자는 말이야, 이렇게 사우나에 냉수마찰 한번 해 줘야 정신이 번쩍 드는 법이거든!

한결의 집에는 네 평 정도 되는 크기의 목욕탕에 사우나까지 갖춰져 있다.

깔끔하게 기분전환까지 마친 뒤, 한결은 며칠 전에 맞춘 정장을 입고 구두를 신었다.

—옷발 죽이는데!

"후! 그럼 가 볼까요?"

아파트 밖으로 나오자 간밤의 열대야를 식히는 차갑고 축축한 공기가 맞이했다.

아침이슬을 머금은 땅을 밟으면서 힘차게 앞으로 걸어갔다.

걸어서 10분 거리에 있는 회사를 향했다.

—어때? 회사가 가까이 있으니 좋지?

'확실히 느낌이 많이 다르긴 하네요. 뭐랄까, 출근길에 쏟는 에너지가 절약된달까?'

—이래서 애인이랑 회사는 가까이 있어야 한다고 하는 거야.

'중요한 건 가까이 있어야 한다?'

—그래, 그런 거야.

투자자에게 가장 중요한 두 가지는 자신의 회사와 투자 시장이다.

차상식은 600억대 인수합병을 마무리 짓고 여의도 한복판에 있는 AS빌딩으로 회사 전체를 이주시켰다.

이렇게 함으로써 주거, 사업, 금융이라는 삼박자가 딱 맞아떨어진 것이었다.

'혹시 처음부터 이런 그림을 그리고 이 아파트로 나를 이끈 거였어요?'

–뭐, 딱히 그런 건 아냐. 내가 젊었을 때 이렇게 생활해 봤더니 좋아서 그랬던 거지.

'확실히 효율성이 좋긴 하네요!'

걸어서 10분이면 생각을 정리하는 데 딱 좋은 거리였다.

잠시 후, AS타워에 도착했다.

두근거리는 마음을 감추지 못했다.

'퇴사 후 첫 출근이라니!'

–스타캣 인베스트먼트가 AS컴퍼니를 인수하기 전까진 바짝 긴장하자고!

'후우! 알겠어요!'

아직은 사모펀드의 기반을 다 닦은 것은 아니었다.

공식과 비공식의 그 중간, 모든 것을 하나로 아우르는 스타캣이 탄생하기 전까진 그저 준비단계에 지나지 않았다.

한결은 첫 출근과 함께 그 준비단계에 한 발 뗐다.

로비에 들어서자 안내데스크에서 사람이 나와 한결을 맞이했다.

"어서 오십시오. 모두 대표님을 기다리고 있습니다."

"음, 그래요, 갑시다."

AS컴퍼니에서 한결의 직책은 CEO(최고경영책임자)다.

어차피 이사회엔 신한결 한 사람밖에는 없으나, 그 이사회에서 뽑은 공식적인 월급사장이 바로 한결이라는 것이다.

엘리베이터를 타고 17층에 위치한 대표이사 집무실로 올라갔다.

그러자 여덟 명의 비서진들이 한결을 기다리고 있었다.

"안녕하십니까. 대표님을 위해 일할 비서들입니다."

"반가워요."

전원 남성으로 이뤄진 비서진들은 일전에 인수한 여섯 개 회사의 비서실장들로 구성했다.

이들은 업무능력은 물론이고 체력까지 겸비한 최고의 인재들이었다.

-마영준 간사가 건네준 프로필에는 최상급의 스펙을 가진 인재들이라고 했는데 말이야. 과연 그게 득이 될지 독이 될지는 미지수네.

'머리가 너무 좋으면 배신을 할 가능성도 높다고 생각하시는 거예요?'

—이 회사들은 보통의 기업과는 뭔가 좀 다른 면이 있었으니까.

'하긴.'

아직 이 여섯 개 회사들에 대해 한결이 아는 것은 그렇게 많지 않았다.

이제부터 일일이 부딪치면서 배워야 할 것들로 가득했으니 차상식이 경계를 하는 것도 무리는 아니었다.

"잘해 봅시다. 다 같이 손잡고 크게 사고 한번 쳐 보자고요."

"열심히 하겠습니다."

§ § §

출근 이후 첫 아침 회의가 열렸다.

회의에 참석한 사람들은 총 열두 명으로 이 회사의 부장들이었다.

크게 투자와 인수, 관리까지 세 파트로 나뉜 회사의 구조는 상당히 짜임새는 있으나 부장들끼리는 전부 초면이라는 것이 약간 문제였다.

"물류컨소시엄 설립에 대한 기획안을 올렸습니다. 검토해 주시면 감사하겠습니다."

"컨소시엄? 대기업을 상대로 컨소시엄을 운운하고 있다

니. 와, 깡다구도 좋으셔라!"

"다 같이 죽자는 거겠죠. 저번 대현 꼴을 보고도 저런 소리가 나온다! 나 참."

초면에 서로 못 잡아먹어서 안달이었다.

아무래도 초반 주도권 싸움에서 이기려고 하다 보니 서로 날을 바짝 세우는 것이다.

'골치가 좀 많이 아플 것 같은데요?'

-남자들 열두 명이 모였는데 서로 정답게 덕담이나 하는 것도 좀 웃기지 않냐? 그런데 이 회사는 어째 죄다 남자들밖에는 없어? 회사에서 어째 시큼털털한 냄새 나는 것 같지 않아?

'어휴! 이놈의 아저씨들을 어쩌면 좋나?'

여자 셋이 모이면 접시가 깨지고, 남자 셋이 모이면 대가리가 깨진다.

그게 바로 남녀의 차이이고, 자연의 섭리인 것이다.

마치 한 우리에 맹수 수컷들만 모아 풀어 놓은 듯, 여기저기서 대놓고 이빨을 들이대며 으르렁거렸다.

한결은 이제 저 맹수들의 수장이 되어야 한다.

"일단 기획안부터 올리세요."

"잘못하면 대기업한테 머리 깨진다니까요?"

"머리가 깨지고 안 깨지고는 내가 결정합니다."

"음!"

원래 회사는 계급이 깡패다.

일단 사장 직함으로 지그시 눌러 주고 나중에 술자리에서 풀어 줄 생각이다.

한결은 이참에 부장들을 자극해서 서열을 좀 정리해 줄까 싶었다.

"여러분들의 생각이 어떻든 간에 이사회는 IX홀딩스에서 이관된 생산관리 및 투자관리 업무를 완벽하게 해내길 바라고 있습니다. 우리는 그 기대에 부응해야 하고요. 앞으로 이 회사에서 살아남으려면 여러분들끼리 서로 돕고 이해해야 할 겁니다."

"…네."

"그럼 오늘부터 본격적으로 시작될 업무에 대한 브리핑이나 좀 해 볼까요? 누가 먼저 해 볼래요?"

한결의 질문에 슬그머니 손을 드는 사람이 있었다.

전자부품 생산관리부의 경인하 부장이었다.

"이제 곧 생산관리에 관한 업무가 본격적으로 이관됩니다. 그에 대한 업무보고를 좀 드리고자 합니다."

"좋아요, 시작해 봅시다."

과연 스펙만큼이나 일도 잘할지 궁금했는데, 한결은 이번 기회에 이들의 실무능력을 평가해 보기로 했다.

경인하 부장은 한결에게 총 165페이지로 이뤄진 보고서를 건네주었다.

“대표님께서 보시기 편하도록 165페이지로 간추려 놓았습니다. 프레젠테이션하실 때 이걸 참고하면 됩니다.”

“…간추린 게 165페이지라고요?”

순간 잘못 들은 게 아닌가 하고 생각했다. 간추린 것이 165페이지면, 실제론 도대체 얼마나 길다는 얘기인가?

‘핵심을 파악하는 능력이 떨어진다는 건가?’

-뭐, 일단 한번 지켜보자고.

상당히 지루한 시간이 될 것 같다는 생각이 들 때쯤, 경인하 부장이 영사기 앞에 섰다.

그는 첫 번째 장으로 영사기의 슬라이드를 넘겼다.

“지금 보시는 장면은 바로 우리가 IX홀딩스에게서 넘겨받은 업무이관 사항들입니다. 보시면 아시겠지만, 상당히 난잡하다는 것을 알 수 있습니다. 해서 이렇게 바꿔 봤습니다.”

한결이 지금까지 관리해 온 생산관리체계가 난잡하다며 정곡을 찔렀다.

하지만 한결은 그에 대해서 절대 납득할 수 없었다.

한결이 바꿔 놓은 체계는 그야말로 군더더기 한 톨 없는 정수 중의 정수였기 때문이다.

“해외 물류비용을 절감하기 위해 이곳저곳에서 물건을 받아서 쓰고는 있으나 물류통합이 사실상 제대로 이뤄지지 않고 있습니다. 또한, 생산된 물품을 적재하고 배송하는 것 역시도 허술하기 짝이 없습니다. 그래서 원자재 수급부터 적재, 배송까지 모든 라인을 획일화하고, 협력업체들의 상품까지 한 번에 배송할 수 있는 '원큐' 시스템을 구성해 봤습니다."

"…물류를 아예 한 줄로 획일화를 하겠다고요?"

"원자재는 원자재 따로, 상품은 상품 따로. 이런 식으로는 물류 획일화가 어렵습니다. 한택글로벌이라는 좋은 파트너를 옆에 두고도 활용하지 못한다면 그것이야말로 멍청한 짓 아니겠습니까?"

-큭큭! 제대로 한 방 먹었네?

물류동맹의 중심이 한결이었다는 것을 알고 있으면서도 이런 공격적인 언사로 나올 수 있다는 것은 둘 중 하나였다.

사람 자체가 저돌적이거나, 눈에 뵈는 것이 없거나.

"재밌네요. 이런 식으로도 업무를 획일화할 수 있다니. 한 수 배웠습니다."

"기분 나쁘셨다면 사과드리겠습니다."

"아니요, 괜찮아요."

한결은 진심으로 한 수 배웠다는 생각을 했다.

물론 상사에게 조금 더 겸손하게 말해야 한다는 것을 뉘우칠 수 있도록 손은 좀 봐 줘야겠지만 말이다.

-저 새끼가 너를 너무 깜보는 것 같은데 말이야. 어떻게

밟아 줄 건데?

'잘 길들여 봐야죠. 어쨌거나 능력은 좋은 것 같잖아요?'

—크크, 그건 맞아. 만약 싸가지가 저렇게 없는데 일까지 못 했으면 기냥 모가지지!

능력도 좋고 깡다구도 좋지만, 보스에게 사사건건 대드는 모습을 보이면 곤란하다. 한 놈이 개기면 나머지 놈들도 다 같이 개길 게 분명하기 때문이다.

차상식은 이참에 참교육이 뭔지 좀 가르칠 필요가 있겠다 싶었다.

—원래는 저렇게 개기는 족족 버릇을 잘 들여야 하는데 말이야. 이미 타이밍을 놓쳤잖아? 만약 그렇다면 후에 천천히 압박하면서 다시는 개길 생각을 못 하게 만들어 줄 필요가 있어.

'어떻게 하면 잘 조질 수 있는데요?'

—조지긴 뭘 조져, 넌 그냥 한마디만 하면 되는데.

§ § §

회의가 끝나고 잠시 쉬는 시간.

열두 명의 부장들이 휴게실에 앉아서 커피를 마시고 있다.

"경 부장님, 꽤 하시던데요? 대표이사를 그렇게 정면으로 들이받을 수 있다니, 보통 깡다구가 아닙니다."

"뭘요, 그냥 있는 말 그대로 했을 뿐인데."

사실은 사장의 정체를 알고 나서는 약간 놀랐었다.

다른 사람도 아니고 IL그룹 최연소 상무이사 승진에다 빛나는 이 업계의 유망주였다니 말이다.

하지만 그러거나 말거나 상관없었다.

주변에서 IL의 날카로운 칼이었다느니 물류동맹의 맹주라느니 하면서 찬양했지만, 그건 다 거품이라는 것이 경 부장의 견해였으니까.

'어린놈의 자식이 잘나 봤자 뭐 얼마나 잘났겠어?'

그나마 성격이 좋은 건지 어쩐 건지, 회의장에서 대놓고 성질을 부리지 않은 것은 천만다행이었다.

다른 사장들 같았으면 벌써 뚝배기를 깬다고 난리를 쳤을 것이다.

"오늘 끝나고 다들 소주 한잔 어때요?"

천하의 얍삽이라 불리는 아시아 투자관리부 홍호영 부장이 부장들을 아우르려 먼저 나섰다.

하지만 경 부장은 이 무리를 아우르는 리더는 자신이라고 굳게 믿고 있었다.

"뭐, 나쁘지 않죠."

무슨 작당모의를 하려는 것인지는 몰라도, 경 부장은 자기가 그 주도적인 입장이 될 수 있는 사람은 대표이사를 물 먹인 자신뿐이라고 생각한 것이다.

똑똑.

바로 그때, 인기척과 함께 휴게실 문이 열렸다.

비서 서창준이었다.

"인사이동 발표가 있습니다."

"인사이동이라니?"

"현재 부장의 TO를 3석으로 줄입니다."

순간, 경 부장의 눈이 휘둥그레졌다.

"어?"

"지금부터 한 달 동안 근태평가에 들어갑니다. 참고하시기 바랍니다."

순살로 만들어진 줄 알았던 사장은 생각보다 강적이었다.

제3장 휘어잡기

똑똑.

인기척이 들린다.

"네, 들어오세요."

화려한 조명이 켜진 룸살롱의 문이 열리며 건장한 체구의 사내들이 줄지어 들어섰다.

온몸에 문신이 새겨진 것을 보면 굳이 명함을 받지 않아도 뭘 하는 사람들인지 알 것 같았다.

"처음 뵙겠습니다. 유강진입니다!"

"내가 뭐라고 부르면 되죠?"

"유 실장이라고 불러 주십시오!"

물랑루즈의 지분 30%를 가지고 있는 한결은 대주주 신분이었다.

그는 대주주 신분으로 이곳에 정보원과 소식통을 만들어 놓기 위해 온 것이었다.

"애들 준비시킬까요?"

"아니요, 아가씨들은 됐고, 실장님이랑 이 가게 관리자나 좀 데려오세요."

"네, 알겠습니다!"

생긴 것이랑은 다르게 아주 깍듯하게 한결을 대했다.

돈과 지위, 어쩌면 그것만이 질서인 세상에서 한결은 저들보다 신분이 높은 사람인지도 모른다.

상전의 부름을 받은 마담이 버선발로 달려왔다.

"부르셨다고요?"

"당신이 관리인입니까?"

"…어머? 예전에 한 번 뵌 것 같은데?"

"맞아요, 그때는 시찰차 한번 와 봤었습니다."

"어쩐지! 딱히 노는 데 별 관심도 없으시더라!"

–맞아, 돈 아까워 죽는 줄 알았지!

천하의 한량이었던 차상식과는 달리 한결은 음주 가무를 별로 좋아하지 않는다. 스스로 흐트러지는 것을 달가워하지 않기 때문이었다.

"아무튼, 잠깐 얘기하는 것 정도는 괜찮죠?"

"네, 그럼요!"

이쪽도 지하의 계급사회에 익숙해진 인물이다. 일단 뒷

배가 든든해 보인다 싶으면 얼마든지 정보를 토설할 것이 분명해 보였다.

한결은 자신의 감과 차상식의 경험을 믿어 보기로 했다.

"요즘 물랑루즈 경영실적은 좀 어때요?"

"경기가 어려운데도 그럭저럭 괜찮습니다."

"음, 그래요?"

"다만, 대주주들이 줄줄이 투자금 반환받겠다고 난리를 피우는 바람에 가게 사정이 썩 좋지는 않습니다."

"…투자금을 반환해? 누가요?"

"지금 앞에 계신… 뭐라고 불러 드려야 합니까?"

"신 대표라고 부르세요."

"…신 대표님 빼고 전부 잠수 타고, 변호사만 들이대는 실정입니다."

"흠!"

마치 썰물처럼 빠져나갔다고 한다.

하지만 차상식은 너무도 당연하게 받아들였다.

―불안한 거지. 모회사 격이었던 회사는 망해서 인수당했지, 거기에 검찰이랑 공정위까지? 나 같으면 벌써 해외로 튀었을 거다.

'그 새끼들도 뭔가 켕기는 게 있으니까 저러는 거겠죠?'

―떳떳하다면 너처럼 대놓고 찾아와서 여기저기 들쑤시고 다니는 게 정상 아니냐? 누가 내 돈 맡겨 놓고 탱자탱자

놀러 다녀? 가게가 잘 굴러가나 확인하는 것만으로도 정신이 없을 판국에.

'하긴.'

한결은 어쩌면 지금이 기회일지도 모른다는 생각이 들었다.

"투자금 전부 해서 얼마죠?"

"300억 조금 넘습니다."

"300억? 건물값도 채 안 나올 정도인데?"

강남 노른자 땅에 이렇게 큰 건물을 지어 올리고 한국 최고수준의 룸살롱을 굴린다는 사람들이 투자한 돈 치고는 생각보다 적었다.

"부채가 한 600억쯤 됩니다."

"그럼 그렇지."

차상식은 이미 예상했다는 듯이 고개를 끄덕인다.

-원래 이 바닥이 그래. 인수할 때 드는 돈이 조금이라도 적게 들게 하자면 대출을 끼는 게 보통이거든. 그런데 요즘 금리가 워낙 올라가니까 유지하기도 벅찬 거야. 아마 켕기는 게 없었어도 빤쓰런하고도 남았겠는데?

'우리가 인수해 버려요?'

-음… 뭐, 그것도 나쁘지는 않겠네. 내 차명으로 해.

한결은 차상식의 처방에 따르기로 했다.

"300억, 내가 회수합니다. 룸살롱 인수되면 투자자 끌어

와서 600억 부채부터 탕감할 테니까 새로운 최대주주 맞이할 준비부터 하세요."

"…300억을 한 방에 말입니까?"

"돈만 주면 지분회수는 안정적이겠죠?"

"물론입니다! 다들 이 바닥에서 생활하던 사람들이라서 이해관계가 청산 안 되면 저부터 가만히 있지 않을 테니까요."

유강진은 앉은 채로 머리를 무릎에 박았다. 그야말로 상전을 모시듯 깍듯한 모습이었다.

아까는 순전히 상사를 모시는 느낌이었다면, 지금은 돌쇠가 마님을 만났다는 느낌이다.

-저게 진짜 돌쇠지! 새경만 잘 줘 봐라, 죽은 사람도 살려 낼 거다.

'에이, 그래도 그렇지! 어떻게 죽은 사람을 살려 내요?'

-나중에 한 번 지켜봐 봐. 만들어 내고도 남는다니까? 원래 건달이라는 게 다 그런 거야.

'아… 그러네. 저 사람들 건달이었지.'

지분 얘기가 나와서 잠깐 잊고 있었지만, 유강진은 건달이었다.

수틀리면 칼부터 들이댈 놈일지라도, 일단 이해관계만 맞으면 한결은 상전, 그러니까 스폰서인 셈이다.

"내가 앞으로 스폰할게요. 잘 부탁합니다."

"열심히 하겠습니다!"

이번에는 마담을 바라보는 한결.

"이름이 뭡니까?"

"유나요!"

"아니요, 진짜 이름."

"…그건 비밀인데요."

"앞으로 내가 사장, 그쪽이 영업실장입니다. 유강진 실장은 관리실장. 알겠어요? 그러니까 통성명부터 하자고요."

"조진애요……."

하마터면 이 진지한 분위기에서 웃음이 날 뻔했다.

그녀가 가명을 쓰는 게 이해가 된다.

"조 실장이라고 부르겠습니다. 괜찮죠?"

"…마담 아니고 실장이요?"

"떡하니 직책이 있는데 뭐 하러 마담이라고 부릅니까? 앞으로는 실장으로 호칭 통일합니다. 아셨죠?"

뭔가 대우를 받는다는 느낌이 든 조진애의 표정이 환하게 밝아진다.

드디어 자신도 한 사람으로서 번듯한 대우를 받는다는 느낌이 든 것이다.

-제법 조련 좀 하는데?

'이 정도면 이 바닥에서 나오는 정보들이야 얼마든지 캐

치할 수 있겠죠?'

-엘레강스와는 거리가 사알짝! 멀지만, 뭐 이 정도면 괜찮겠지.

한결은 어둠의 세계에서 자신의 수족이 되어 줄 사람들을 얻었다.

"앞으로 여러분들의 급여는 인센티브로 하자고요."

"인센티브요? 그게 뭡니까?"

"가게운영 수익의 10%씩을 인센티브로 드리도록 하죠."

"…10%요?!"

"다만, 내가 원할 때 원하는 정보를 가져와야 합니다. 때론 내 수족이 되어야 할 거고, 정말로 충성을 다해야 할 겁니다. 가끔은 장사에 관여할 수도 있겠지만, 어지간하면 터치는 안 할 겁니다. 할 수 있어요?

"네! 물론이죠!"

손님 한 테이블 받으면 기본 수백만 원부터 많게는 억 단위의 매출이 나오기도 하는 것이 바로 화류계라는 곳이다. 그런 이곳에서 운영수익 10%는 실로 대단한 인센티브라 할 수 있다.

"와리 10%……. 장난 아닌데요?"

"뭐, 아무튼 간에 열심히 합시다."

"당장 시키실 일이 있다면 얼마든지 말해 주세요!"

조진애와 유강진은 열의를 불태웠다.

앞으로의 일이 어떻게 될지는 몰라도 일단 그 실력부터 확인해 보기로 했다.

"IM인터, 한성주류, 금일신용금고의 상관관계에 대해서 알아 오세요."

한결의 지시사항을 듣자마자 유강진이 손을 번쩍 들었다.

"IM인터면, 임경진이 사장으로 있는 회사 아닙니까?"

"잘 알아요?"

"친한 관계는 아닌데, 연줄이 있습니다."

"오케이, 그럼 조 실장이랑 같이 정보 취합해서 삼일 뒤에 가져와요."

이쪽으로는 전문가들이라고 하니 한번 두고 보기로 한다.

§ § §

그로부터 이틀 뒤.

물랑루즈의 지분이 전량 회수되었다는 보고를 받았다.

"300억 모두 회수했습니다."

"증권도 빠짐없이 회수했죠?"

"물론입니다."

유강진은 바쁘게 정보를 취합하는 와중에도 한결의 지시

사항을 빠짐없이 이행했다.

투자금 반환 역시 그 중요한 지시 중 하나였으므로 칼같이 지켰다.

한결은 곧바로 회수된 증권을 살폈다.

바로 그때였다.

—…잠깐만!

'왜 그러세요?'

—방금 넘긴 증권 좀 봐봐.

물랑루즈에 대한 투자를 진행할 때에 변호사 입회하에 공증을 받아 발행한 증권에는 투자자의 신상명세가 적혀 있었다.

차상식은 한 사람의 이름을 발견하고 깜짝 놀란 것이었다.

—정치현?

'그게 누군데요?'

—정가회계법인 부사장.

'정가회계법인이면 5대 회계법인이잖아요? 그런데 왜 물랑루즈에 투자를 해요?'

—내 말이 그 말이야. 회계법인이 미쳤다고 룸살롱에 투자를 해?

순간, 한결의 뇌리에 바로 어제와 같이 선명한 장면이 하나 스쳤다.

그것은 바로 강윤석과의 첫 술자리였다.

'강윤석! 그때 강윤석이 말했잖아요, 정가회계법인이 고문회사라고!'

–…어? 그러네. 정가회계법인! 로웰투자신탁이 정가회계법인의 클라이언트라고 했지! 이 새끼들 좀 보게?!

'틀림없어요. 정가회계법인은 주가조작에 동원되었던 거예요!'

드디어 또다시 꼬리를 잡았다.

다만, 문제가 하나 있다면 정가회계법인 측에서도 이제 한결의 정체를 인지했을 것이라는 점이었다.

"지분정리는 깔끔하게 했죠?"

"네, 그렇습니다."

"내 이름도 알아요?"

"거기까진 아직 모를 겁니다. 굳이 대표이사 신상까지 오픈시킬 이유는 없었으니 말입니다."

그나마 다행인 것은 유강진이 생각보다 머리가 좋다는 점이었다.

한결의 정보를 흘리지 않았으니 아마 얼마간이라도 정체를 숨길 수 있을 것이다.

한결의 눈썹이 살짝 일그러지는 것 같자 유강진은 USB를 하나 꺼내 내밀었다.

"아직 정보를 취합 중이라 아직 많이 어설픕니다만, 대표님께서 만약 정보가 필요하다고 하신다면 이것이라도 참고하시지요.”

“…오? 일처리가 꽤 빠르네요.”

“저희들이 워낙 이 바닥에서 오래 일한 터라 사람 뒤 캐는 건 별거 아니라서 말입니다.”

도대체 저 사람들이 어떤 수완을 가진 것인지는 상관없었다.

중요한 것은 이렇게 일처리가 빠르다면 한결이 데리고 있기에 충분한 가치가 있다는 것이었다.

한결은 그가 건넨 USB를 살펴보기로 했다.

USB 안의 내용은 대체로 정리가 잘되어 있지 않아서 눈이 약간 어지러울 정도였다.

하지만 그 디테일 하나만큼은 대단히 좋았다.

“그러니까… 어디선가 호구들의 명단을 받아서 엔터사에 넘기면 주류회사가 투자한 접대파티에 끌어넣어 아주 빨래질을 한다는 거잖아요?”

“네, 맞습니다. 그 후에는 신용금고가 투자금을 취합해서 투자처에 넘기는 형식이고요.”

호구를 끌어 온 회사가 어딘지, 투자금을 관리했던 자산운용사는 어디인지는 나와 있지 않았다.

하지만 굳이 그걸 따지지 않더라도 어느 정도 그림이 그려졌다.

'결국에는 이것 역시 리딩방과 갈래는 같은 사기였던 거네요.'

–같은 플랫폼에서 같은 인프라로 사기를 쳐 대니, 당연히 갈래가 같을 수밖에!

'그럼 저 회계법인은 이 안에서 과연 어떤 행동을 했던 것일까요?'

–대충 느낌은 오지만, 아직 확신은 할 수 없어. 일단 저 놈한테 거한 떡밥 하나 던져 주고 정가회계법인의 정보를 사냥해 오라고 그래.

'거한 떡밥이라…….'

–스폰서 서 줬으니까 회사라도 하나 차려 주든가.

'아하!'

한결은 유강진에게 목표와 사명을 정해 주었다.

"지금부터 정가회계법인이 이 세 개의 연결고리 사이에서 무슨 역할을 했는지 알아내고 증거를 수집하는 겁니다. 할 수 있겠어요?"

"명령만 내려 주십시오. 최선을 다해 보겠습니다."

"만약 이 일만 잘 해결된다면, 당신 앞으로 회사 하나가 떨어질 겁니다."

"……회사요?"

"유강진의 앞뒤 글자를 따서 유진정보, 어때요? 언론사를 클라이언트로 하는 리서치 전문회사쯤으로 해 두죠. 연

매출은 내가 알아서 섭섭지 않게 설정해 줄게요."

유강진의 입장에서는 신분상승의 기회가 온 것이었다.

단순히 스폰서가 아니라 아예 회사를 하나 차려 주겠다고 하니 말이다.

유강진은 한결에게 꾸벅 고개를 조아렸다.

"맡겨만 주십시오! 죽은 사람이라도 무덤에서 끌어내 반드시 필요한 정보를 찾아내겠습니다!"

"아니 뭐, 그렇게까지 할 필요는 없고."

-크크! 내가 뭐랬냐? 죽은 사람이라도 살려서 데려올 거라니까?

§ § §

PMI 방안을 고민하다가 정신을 차리고 보니 11시였다.

"어이쿠, 시간이 벌써 이렇게 되었나?"

-이 워커홀릭 새끼 이거, 이젠 뭐, 지 회사라고 아주 보란 듯이 야근을 해 버리네?

"뭐 어때요? 이젠 뭐 눈치 볼 것도 없겠다, 걍 하고 싶은 대로 해 버리는 거지!"

이명선이 옆에 있었다면 분명 한소리 했겠지만, 지금은 잔소리를 할 오피스 와이프가 없으니 그야말로 고삐가 풀려 버린 것이다.

"어차피 헬스장은 24시간 하니까 커피나 한잔 마시고 하체나 조져야겠다."

-와… 이걸 어쩌면 좋나?

헬스와 일, 이 두 가지 말곤 딱히 취미도 없는 한결은 그야말로 자기의 일에 영혼을 불사르고 있었다.

복도로 걸어 나와 커피를 뽑아 마시려던 그때였다.

"대표님!"

"어이쿠, 깜짝이야! 아직 퇴근 안 했어요?"

보고서를 손에 쥔 건자재 생산관리부의 염성진 부장이었다.

설마하니 이 시간까지 회사에 사람이 남아 있었나 싶어 한결은 하마터면 커피잔을 손에서 놓칠 뻔했다.

"…놀랐잖아요."

"죄송합니다…. 제가 원래 좀 존재감이 없어서…."

-큭큭! 아무리 존재감이 없어도 복도에 사람이 있는데도 모른다는 게 말이 되나? 저 정도면 천연 스텔스야, 스텔스!

염성진은 한결에게 두툼한 보고서를 건넸다.

"남아시아 지역의… 생산체계를 개편하는 내용의 보고서입니다. 검토… 부탁드립니다…."

존재감 문제가 아니라 염성진은 사람 자체가 약간 음습한 느낌을 주었다.

아마도 이런 느낌 때문에 더욱 존재감이 없다고 생각하

는 것인지도 몰랐다.

–큭큭큭! 귀신은 내가 아니라 오히려 저쪽이 더 잘 어울리는 것 같은데?

'간 떨어질 뻔했네!'

한결은 염성진에게서 보고서를 받곤 그를 돌려보냈다.

"보고서는 천천히 읽어 볼게요. 그만 퇴근하세요."

"그… 지금 우리 회사에서 퇴근한 사람은… 없습니다만."

"그게 무슨 뜻이에요? 퇴근을 안 하다니?"

"경쟁이… 워낙 치열해져서……."

차상식이 알려 준 '한 마디의 파급력'은 그야말로 엄청났다.

구조개편이라는 말이 떨어지자마자 열두 명의 부장들 간에 코피가 터지도록 치고받고 싸우는 배틀로얄이 펼쳐지게 된 것이었다.

한결은 피식 웃음을 지었다.

"그렇다고 부하들까지 잡으면 쓰나? 내려가는 길에 알려주세요. 한 번만 더 자기 안위를 걱정하는 마음에서 부하들 뺑뺑이를 돌리면 내가 분명하게 근무평점 깎아 낼 것이라고."

"…아! 죄송합니다!"

나무늘보 사촌쯤 되는 염성진도 근무평점이라는 말에 아주 똥 빠지게 달려가 엘리베이터에 올라탔다.

역시 감투가 최고라는 생각이 절로 드는 순간이었다.

'항상 느끼는 거지만, 계급이 깡패이긴 하네요!'

—인마, 사람은 그렇게 조지는 거야. 알겠냐? 굳이 내 손 더럽힐 필요가 없어요!

'아저씨는 예전에 악마라는 말 많이 들었죠. 그죠?'

—당연하지. 내가 악마처럼 굴지 않으면 아랫것들이 악마처럼 굴었을 텐데?

'으아!'

—명심해라, 꼬맹아. 회사는 약육강식의 세계야. 깜빡 잘못하면 나처럼 되는 거야.

'헛! 그건 까맣게 잊고 있었네!'

—조금의 틈도 보이면 안 돼. 내 실책을 반면교사로 삼으라고.

차상식이야말로 약간의 틈을 내어 주었다가 곧바로 천하의 쓰레기로 몰려 버린 최악의 케이스였다.

그의 제자로서 부하들의 배신이 얼마나 뼈아픈 일인지 너무나도 잘 알고 있는 한결은 앞으로 철혈군주가 되기로 굳게 마음먹었다.

'그래요! 내가 물리느니 먼저 무는 게 낫죠!'

—큭큭! 네가 무슨 개냐? 물고 물리는 것보다는 군림하라는 거야, 군림 말이야!

'오케이, 입력했어요!'

차상식이 입력해 줬으니 한결은 앞으로 그것을 출력하며 잘 지낼 것이다.

어쨌거나 한결은 입력된 데이터에 대한 출력 하나는 확실한 사람이니까.

§ § §

아침 회의시간에 부장들의 얼굴을 보니 그야말로 반의반쪽이 되어 있었다.

"…물류합리화 최종 보고 드리겠습니다."

"어제 보고서로 올리지 않았어요?"

"아! 그건 기획안이었고, 이건 최종본입니다."

"그럼 그것도 그냥 서류로 올려요. 뭘 굳이 브리핑까지?"

"죄송합니다! 시정하겠습니다!"

혹시나 하는 마음에 보고서를 몇 번이고 갈아치우지를 않나, 옆구리만 툭 쳐도 절로 죄송하다는 소리가 튀어나왔다.

군기가 바짝 들었다고나 할까. 이제 부장들 중에 한결을 깔보는 사람은 아무도 없었다.

이것은 모두 열두 명의 부장을 세 명으로 줄인다는 한 마디에서 비롯된 것이었다.

–이제야 좀 회사가 회사다워졌네! 그럼 슬슬 한 명 잘라

내 버려. 경각심을 좀 심어 주자고.

'그럼 이젠 누굴 먼저 잘라 내야 할까요?'

-가차 없지 뭐. 개긴 놈부터 잘라.

어차피 이 회사의 평균능력은 상당히 높은 편이다. 누굴 부장으로 올려도 이상하지 않다.

한결은 경인하 부장에게 제일 먼저 낙제점을 주기로 결심했다.

"경 부장."

"네, 대표님…."

"내일부터 생산관리부 물류관리팀장으로 출근하면 됩니다."

"…예?! 이렇게 갑자기 말입니까?"

"인사고과 평점을 미리 알려 주는 겁니다. 뭐 잘못된 것이라도?"

"아, 아닙니다……."

대표이사를 적대시하면 바로 이렇게 된다는 것을 미리 알려 준 것이었다.

경인하 부장은 막막할 것이다. 그렇다고 지금 이 나이에 밑바닥부터 다시 일한다는 것도 말이 안 되는 일 아닌가.

-이제야 네 능력이 얼마나 대단한지 깨닫게 되겠지. 물류동맹의 맹주? 아무나 하는 건 아니잖냐. 이대로 퇴사하면 손가락이나 빨면서 살아야 하는데, 저놈이라고 별수 있

겠어?

'생각해 보니 정말 그러네!'

경인하 부장은 차장으로 추락했지만, 딱히 할 말이 없었다.

능력을 겨루는 경쟁에서 패배하는 바람에 구조조정에서 밀려난 것이었으니까.

"그럼 이제 경쟁자가 한 명 사라졌으니 다들 더욱 분발할 수 있겠네요. 그렇죠?"

"…물론입니다!"

분위기가 한껏 고무되기 시작한다.

이제 치고받고 싸우는 진짜 싸움이 벌어질 것이었다.

판이 마련되자 한결은 한 발자국 뒤로 물러섰다.

-자, 이제부터 잘 봐 둬. 진짜로 권모술수를 자유자재로 쓰는 새끼가 몇쯤 튀어나올 거야. 그런 놈들을 미리 쳐내는 게 중요해. 아무리 능력이 출중해도 뒤통수를 치려고 벼르는 놈은 데리고 있어 봤자 네 손해이니까.

§ § §

열한 명의 부장들이 무려 한 달 동안이나 미친 듯이 일에만 매달리니 회사의 구조가 아주 빠르게 잡혀 갔다.

불과 한 달 만에 시스템이 구축되고 회사의 내실이 잘 다

져져 어지간한 중견기업 빰치는 짜임새가 만들어진 것이었다.

"지금 보시는 것이 바로 새로 구비한 신형 방직기계입니다!"

"저게 생산성이 1.5배 정도 더 좋다고요?"

"독일에서 심혈을 기울여 만든 방직기계이고 A/S까지 확실하다고 합니다!"

해외에서 들여온 기계를 설치했다는 방직공장의 내부사진을 가져와 프레젠테이션하는 경공업담당부의 박진용 부장의 눈빛이 아주 초롱초롱하다.

박용진 부장은 투자와 생산관리라는 두 가지 측면에서 방직기계를 새것으로 교체하고 거기에 맞는 전문인력을 투자한다는 기획을 내놓았는데, 이 기계 하나로 라인 세 개를 통폐합 할 수 있다는 결론에 도달했다.

한마디로 생산에 들어가는 비용이 1/3로 줄어든다는 뜻이었다.

"투자비용은 얼마면 뽑을 수 있어요?"

"감가상각까지 다 따져도 최소 2년이면 뽑고도 남습니다!"

실로 엄청난 효율이었다. 다만, 이렇게 효율이 높으면 남는 것이 있어야 할 것이었다.

"구매자들의 수급비중은 좀 늘었나요?"

"최근 인도에서 원단 수급량이 폭발적으로 상승하고 있어서 누구보다 먼저 방직기계를 바꿔야 한다고 생각했습니다!"

"그래요? 시장조사를 철저하게 했나 보군요?"

"네, 그렇습니다!"

박진용 부장은 말은 별로 없지만 묵묵하게, 튀지 않게 성실하게 일하는 타입이었다.

지금까지 별 탈 없이 한 달 내내 일에만 매달려서 얻어낸 성과로는 아주 박수를 보낼 만했다.

"좋아요, 합격!"

"감사합니다!"

TO의 한 자리를 박진용 부장에게 내어 주었다.

이제 남은 것은 두 자리뿐이었다.

"자리가 줄었네요? 모두들 분발합시다."

"…대표님! 건의사항이 있습니다!"

손을 든 사람은 염성진이었다.

평소보다 말이 빠르고 행동도 빠릿빠릿해졌다.

그는 또렷한 눈동자로 한결을 바라보며 열변을 토하기 시작했다.

"박진용 부상은 타 기업의 정보를 빼내어 우리 회사로 가져왔고, 그것을 가지고 프로젝트를 발의했습니다!"

"…말도 안 되는 소리!"

박진용 부장은 뜬금없는 공격에 화들짝 놀라 자리를 박차고 일어섰다.

하지만 염성진은 굴하지 않고 그를 끝까지 물고 늘어졌다.

“얼마 전에 대구 윤성기업에서 인도 섬유시장의 동향이 담긴 자료를 빼내어 우리 회사로 가져와 베낀 거 아닙니까?!”

“허! 뭐 저런 말도 안 되는 모함이 다 있나?! 증거 있어요?!”

“증거? 굳이 그게 증거가 필요한 일인가? 그 회사 투자설명회에만 가도 다 나오는 사실을!”

한결은 이 둘 중 한 명은 반드시 쳐내야 하는 인물이라는 생각이 들었다.

어쨌거나 한쪽은 거짓말을 하고 있을 테니 말이다.

‘정리대상이 하나 더 늘었네요.’

–넌 저 둘 중에 누가 거짓말을 하고 있다고 생각하냐?

‘둘 다 아니에요.’

–오호?

한결은 저 두 사람이 싸우는 이유에 대해서 차분히 생각해 보았다.

그랬더니 이런 결론이 나왔다.

만약 거짓말이라면 너무나도 허술하다는 것이었다.

과연 천하의 엘리트들이라는 저 사람들이 얼마 지나지

않아 들통날 그런 뻔한 거짓말을 할까?

"자, 그럼 우리 지금부터 진실게임을 해 봅시다. 박진용 부장?"

"넵!"

"당신은 이 정보를 어디서 얻었습니까?"

"인도 시장에 대한 조사하다가 얻은 정보를 바탕으로 기획안을 작성한 겁니다."

"그 정보는 어디서 얻었는데요?"

"저희 부서 연준희 과장이라는 친구가 줬습니다."

이번에는 염성진 부장을 바라보는 한결.

"그럼 이번에는 염 부장에게 묻겠습니다. 당신은 저것이 정보유출로 얻은 아이템이라는 걸 어떻게 알아냈죠?"

"…저희 부서 정민하 과장이……."

"그러니까, 둘 다 제보에 의해서 정보를 취득했다는 거네요. 그렇죠?"

"맞습니다."

한결은 비서진들을 불렀다.

"서 비서!"

"네, 대표님."

"이 두 사람 인사고과점수가 어떻게 되죠? 순위가 각각 몇 위예요?"

"3위와 4위입니다."

"그럼 저 두 사람이 떨어져 나가면 한 사람은 자동적으로 3위가 되겠네요?"

"맞습니다. 순위상으로 그렇게 됩니다."

"5위는 누구일까요?"

"홍호영 부장입니다."

순간, 싸움터로 내몰렸던 두 부장의 눈이 홍호영을 찢어 죽일 듯이 쏘아봤다.

크게 당황한 홍호영 부장이 한결을 바라보며 읍소했다.

"아, 아닙니다! 저는 억울합니다!"

"물론 그럴 수도 있겠죠. 그러니 우리 이렇게 합시다. 홍호영 부장을 시작으로 차례로 조사를 해 보자고요. 만약 그래서 일말의 의혹이라도 나오게 된다면, 그때는 징계처분으로 사표를 쓰는 것으로요."

알아서 내사의 명분이 굴러들어왔다.

잘하면 한꺼번에 정리하는 것도 가능하겠다 싶었다.

'지금부터 이 회사에 숨겨진 이야기들을 하나씩 꺼내 볼까요?'

-안 그래도 뚜껑을 열어 보면 뭔가 하나쯤은 나올 것 같아서 기대하던 중이었어.

과연 회사가 비자금 창구로 쓰이는 동안 부장이라는 사람들이 정말 아무것도 몰랐을까?

한결과 차상식이 보기엔 절대 아니었다.

§ § §

“그러니까… 염성진의 말도 맞고 박진용의 말도 맞는다는 거잖아요?”

“결국에는 그렇게 되는 겁니다.”

비서 서창준이 조사한 바에 따르면 윤성기업이 인도 수출을 목표로 독일에서 방직기계를 수입해 생산율을 높인 것도 사실이고, 박진용이 간자에게 속아 넘어간 것도 사실이었다.

그는 한결에게 연준희와 정민하가 연인 사이였다는 결정적인 증거가 담긴 사진을 건네주었다.

“이 두 연놈이 서로 짜고 염 부장과 박 부장을 가지고 놀았더군요.”

“도대체 무슨 목적을 가지고?”

“최근에 정민하 과장의 차가 바뀐 것으로 압니다. 국산 준중형에서 국산 고급브랜드 중형으로 말입니다.”

“…차를 바꿨다. 국산이라도 고급브랜드면 최소 6~7천은 하겠죠?”

“물론입니다.”

이제 정민하가 누구에게서 돈을 받은 것인지만 알아내면 사실관계 확인은 끝나는 것이다.

–그나저나 빠릿빠릿하네? 네 명령을 아주 센스 있게 처

리하는 것도 그렇고. 마음에 들어!

'비서진 중에는 유일하게 믿고 쓸 만한 사람인 것 같더라고요.'

서창준은 상당히 스마트하게 행동하는 인물이기에 뭘 맡겨도 안심이 되는 타입이었다.

한결은 서창준에게 두 번째 임무를 맡겼다.

"지금부터 우리 회사의 재무건전성 감사를 실시하겠습니다."

"재무감사의 명분은 어떻게 할까요?"

"이번 부장들 스캔들 사건을 명분으로 하면 간단하지 않겠어요?"

"알겠습니다. 당장 시행하겠습니다."

회사는 하나의 조직이다. 조직원들은 반발이라는 것도 할 수 있고, 부당한 지시사항을 거부할 때도 있다.

그런 조직을 제대로 굴리려면 명분이라는 건 항상 필요하기 마련이다.

'자기들이 명분을 알아서 만들어 줬으니, 죽어도 할 말은 없겠네요.'

-이거, 손 안 대고 코 풀게 생겼는데?

물갈이는 핑계에 불과했다. 한결의 진짜 목적은 HMN과 관련된 정보를 하나라도 털어 내는 것이었다.

그를 위한 위장에 이 정도 명분이면 훌륭하지 않은가.

서창준이 한결의 지시를 받은 지 얼마 지나지 않아서 유강진에게서 연락이 왔다.

[물랑루즈 유강진 실장 : 정가회계법인 조사 마무리되었습니다. 언제쯤 찾아뵐까요?]

–빠른데?

'전문가라 그런가? 뭔가 다르긴 다르네요.'

–킄킄! 그 맛에 사업가나 정치인들이 뒷골목 심부름꾼 하나씩 부리는 거지. 수지만 맞으면 세상 깔끔한 놈들이거든.

'오늘 찾아갈까요?'

–시간 끌 이유가 없는 한 빠를수록 좋겠지.

정가회계법인이 움직이기 시작하면 골치가 아파질 것이다.

한결은 당장 물랑루즈로 향했다.

아직 해가 중천에 떠 있는 시각이지만 물랑루즈는 아주 바쁘게 돌아가고 있었다.

"정비 중인가요?"

VIP룸에 앉은 한결의 말에 유강진은 고개를 끄덕였다.

"장사준비도 하고 종업원들이랑 매니저들이 얻은 정보를 취합하는 시간이기도 합니다."

비스니스 클럽에서 도는 정보는 꽤나 고급정보이다. 이걸 모아서 팔아먹기만 해도 꽤 돈이 된다. 유강진은 한결을 통해 그것을 깨닫고 자신만의 사업수완을 발휘하는 중인 것이다.

"아무튼, 그래서 괜찮은 게 좀 나왔어요?"

"이놈들이 워낙 깔끔해서 많이는 못 얻었지만, 그래도 꽤나 양질의 정보 몇 개는 건질 수 있었습니다."

"그래요?"

유강진은 한결에게 취합된 정보를 보고서 형태로 만들어서 건넸다.

한데 이번에는 저번과 다르게 보고서가 제법 정형화되어 있었다.

"많이 노력했네요."

"제가 모르는 게 너무 많아서 회사 다니는 친구들한테 배웠습니다. 하지만 아직 많이 부족합니다."

자신의 부족함을 인정하고 배움을 주저하지 않는다. 유강진은 보이는 것과 다르게 제법 진취적인 인물이었다.

–의외의 면이 많네.

'이런 사람이 왜 조직에 몸담았었던 걸까요?'

–조직이라는 곳이 의외로 쓸 만한 인물들이 많아. 그래서 기업형 조폭이 탄생하기도 하는 것이고.

'이제는 주먹보다 머리라 이건가요?'

—머리와 소시오패스 기질, 그게 합쳐져야 비로소 크게 된다는 거야. 유강진은 아마 그 중간 정도 되는 인물이 아닐까?

유강진이 어떤 사람이건 간에 보고서의 내용은 훌륭했다.

특히나 한결의 눈을 잡아끄는 것이 있었으니 바로 주식의 보유현황이었다.

"엔터사 주식을… 870억이나 가지고 있어요?"

"이것도 겉으로 드러난 것만 그 정도인 거지, 사실 얼마나 더 있을지는 아무도 모릅니다."

보통은 본격 조사를 해도 눈에 보이는 것은 빙산의 일각에 불과했다. 870억이 겉으로 드러나 있는 빙산의 윗부분이라면 숨겨진 부분은 최소 두 배 이상이라는 뜻이다.

하지만 놀라운 것은 이뿐만이 아니었다.

"…이건 또 뭐야? 투자자문회사?"

"정가회계법인에서는 투자자문회사를 아예 계열사로 두고 있습니다. 물론 공식적인 건 아니고요. 투자자문 자격도 없는 정가회계법인의 대표이사 모친이 자문회사 대표로 되어 있죠."

"회계법인에서 투자자문회사를 굴려?"

"아직 확실한 것은 아닙니다만, 회계법인의 클라이언트들을 포섭해서 투자고문회사로 보내는 게 아닌가 싶습니다."

유강진은 한결에게 USB를 건넸다.

“그 안에는 정가회계법인 산하의 엔터사들과 관련된 유흥주점, 혹은 접대업소의 CCTV 영상이 들어 있습니다.”

“…이걸 어떻게 손에 넣었습니까?”

“인맥을 동원하기도 했고, 더러는 주먹으로 해결한 것도 있습니다.”

법보다 주먹이 빠르다는 말은 이럴 때 쓰라고 있는 모양이었다.

한결은 USB의 내용을 즉시 확인했다.

CCTV의 화질은 상당히 좋았고, 그 안의 얼굴쯤은 확실히 확인이 가능했다.

유강진은 한결 옆에 회계법인의 클라이언트 명단이 인쇄된 종이를 올려놓았다.

“CCTV에 나온 인물들과 회계법인 클라이언트 명단을 대조해 보면 매칭이 되는 사람들이 상당히 많다는 것을 알 수 있습니다.”

“…정말이네?”

“기업의 외부감사나 파트너 회사의 회계문제를 해결하기도 하지만, 자기 돈 지키기 위해서 회계법인을 많이 찾지 않습니까? 그렇다 보니 비자금을 과연 어떻게 하면 꼬불칠 수 있을지, 그걸 연구하는 것 같더군요.”

“정가회계법인은 그걸 노리고 투자고문회사를 설립해서

호구를 만들기 시작한 거군요!"

"저놈들을 잡아다가 족쳐 보면 더 정확하겠습니다만, 그게 얼추 맞는 것 같습니다."

자료의 양은 그렇게 많지는 않으나 정말로 질 하나만큼은 최고였다.

물론 유강진의 능력은 이게 끝이 아니었다.

"제가 혹시나 해서 1년 전 CCTV 화면까지 찾아내 확인해 봤는데 말입니다. 꼭 한 달에 7~8번은 접대에 따라나서는 사람이 있었습니다."

유강진은 한결에게 한 여성의 사진을 건네주었다.

사진 속의 여성은 아주 평범한 인상이고 나이는 40대 중반쯤 되어 보였다. 심지어 복장마저도 산책을 하는 듯 아주 가벼운 차림이었다.

"마치 동네 마실을 나온 것 같네요?"

"저런 차림으로 1년을 넘게, 그것도 한 달에 여덟 번 정도는 항상 로비에 따라왔습니다."

"…뭐지?"

혹시 차상식은 이 사람을 알고 있지 않을까?

한결은 슬그머니 차상식을 바라보았다.

-나를 왜 쳐다봐? 나도 몰라, 인마!

'그럼 저 여자는 도대체 누구일까요?'

-이제부터 그걸 알아내는 게 네 일 아니겠냐?

가만히 사진을 바라보던 한결은 돌연 이런 생각이 들었다.

혹시 이 업계에서 유명한 화주는 아닐까?

"조 실장 좀 불러 주실래요?"

"네, 알겠습니다. 당장 불러오겠습니다."

유강진은 직접 일어나 지나가는 웨이터에게 조진애를 호출해 달라고 했다.

한창 정보를 수집하고 있던 조진애는 한결의 부름을 받고 한달음에 달려왔다.

"사장님! 찾으셨어요?"

"조 실장, 잠깐 앉으세요. 혹시 이 사람 알아요?"

조진애는 사진 속의 인물을 보고 한눈에 알아보았다.

"아! 왕언니!"

"왕언니요?"

"이 언니, 그 언니잖아요! 20년 동안 남자들 공사치고 다니다가 어느 기업 회장인가 사장인가 하는 호구 하나 잡아서 꽃가마 탔다고 하던데?"

"그래서 왕언니입니까?"

"아니요, 그래서 그런 건 아니고요. 남편 돈으로 반반한 여자애들 연예계 데뷔시킨 다음에 회장님들이나 의원님들 밑 닦아 주고 다닌다고 해서 왕언니라고 그래요. 굴리는 돈만 거의 수백억은 될걸요?"

한결은 조진애에게 정가회계법인 대표 회계사의 프로필

을 보여 주었다.

“혹시 남편이 이 사람?”

“어…… 아닌 것 같은데? 저도 그 사람을 한 번 본 적이 있는데, 덩치가 커요. 지방 덩어리처럼 말이에요.”

유강진은 무릎을 쳤다.

“아! 대표님, 그 사람입니다. 공동대표!”

“공동대표?”

“김규민이라고, 공동대표로 있는 사람입니다. 원래는 법인이랑 관련이 없는 사람이었는데, 8년 전부터 공동대표에 이름 올리고 활동은 하지 않는다고 하더군요.”

순간, 차상식의 눈에서 안광이 번뜩이는 듯했다.

-…나도 저 새끼, 알아.

‘정말요?’

-왜 모르겠냐? 우리 회사 재무자료를 만들어서 나한테 보고한 사람인데.

‘헉!’

-이 새끼, 드디어 찾았다.

§ § §

“…이게 진짜예요?”

재무감사 시행 나흘째.

서창준은 한결에게 마치 거미줄처럼 엮여 있는 여섯 개 사의 재무구조에 대해 보고했다.

그들은 지금까지 채권을 밀어주거나 받아 주면서 공생관계를 만들었고, 이를 통해 세탁된 자금이 정치인들에게 전달된 것으로 드러났다.

“JS파트너스라는 회사에서 운영하는 자펀드가 있습니다. 이 펀드들에서 나온 투자금이 대표님께서 인수하신 여섯 개 회사에 유입되었고, 그게 회전하면서 각각 비자금으로 세탁된 것 같습니다.”

“이게 말이 되나?”

인터폴 수배까지 받았던 이 여섯 개 회사들은 보통의 회사들이 아니었다.

지금까지 매각이 되지 않은 것은 이런 장부상의 실책들을 지우기 위한 시간이 필요했기 때문이었던 것으로 보였다.

그렇다면 여기서 한 가지 의문이 생긴다.

‘이런 회사들을 왜 지금까지 살려 둔 걸까요?’

–아마도 정치권과의 마찰이 있었겠지. 그래서 비장의 무기로 쓰려고 남겨 둔 건데, 그걸 우리가 한 방에 먹어 치워 버린 거야.

‘정계에는 역린, 놈들에게는 보물단지였겠네요!’

–지금부터 우리가 집중해야 하는 건, 과연 한명진이 이

조직에서 어떤 위치에 있었느냐. 바로 그거야.

'그의 위치에 따라서 과거 아저씨의 몰락이 한명진 단독 범행이었는지 아닌지가 밝혀지겠군요!'

공범의 유무, 조직의 유무까지 파헤칠 실마리를 잡는 것이 차상식의 계획이었다.

이제부터 드러나는 사실에 따라 한결의 타깃 또한 변화할 것이다.

"혹시 우리 회사와 JS파트너스가 어떤 관계인지 알아봐 줄 수 있어요?"

"물론입니다."

"나도 나름대로 정보를 수집해 봐야겠네요."

이제는 비서나 심부름꾼에게만 일을 맡길 수는 없다.

조금 더 엘레강스한(?) 방법이 필요했다.

'사모님을 찾아가야겠어요.'

-그래, 사람은 배워야 하는 법이야!

한결은 로한나 쿠스버트에게서 진정한 '엘레강스'가 무엇인지 제대로 배워 볼 참이다.

제4장
훈련

손은 무겁게, 발걸음은 가볍게.

한결은 과일바구니를 사 들고 강남으로 향했다.

퇴사 이후 처음으로 제니스 컴퍼니를 찾아가려는 것이었다.

-그나저나 무슨 과일바구니냐?

'한국은 원래 적당한 선물로 과일바구니를 사 들고 가곤 하잖아요?'

-뭐, 그렇기는 한데, 우리 와이프는 과일 안 좋아해.

'…에이, 진짜! 그럼 진즉에 얘기를 해 주든가!'

-큭큭! 덕분에 과일 맛도 못 봤을 비서진들 먹으라고 주면 되지.

차상식이 누군가를 챙길 때에는 항상 이렇게 말을 빙빙

돌려 가면서 한 바퀴를 꼬아 자신의 마음을 표현한다.

그런 성격 덕분인지는 몰라도 인간 차상식에 대해선 호불호가 꽤 갈리는 편이었다.

한결도 처음엔 그런 차상식의 성격이 그다지 마음에 들지 않았지만 이젠 그럭저럭 수긍하면서 지내는 편이다.

–그나저나 비서실장 타이틀은 어떻게 할 거야?

'확실히 비서실장만큼 중요한 직책도 없긴 하죠.'

–사실 따지고 보면 이명선이 최고이긴 한데, 아직 스카우트에 대한 답이 없었지?

'네, 아직은요.'

–그렇다면 서창준이라는 놈은 어때?

'흠! 이제 막 만난 사이라서 뭐라 말할 수는 없지만, 수족 노릇은 제대로 해 주고 있다는 느낌이 들기는 하죠.'

지금은 회사의 살림을 맡아 줄 사람이 없다는 것이 문제였다.

현재로선 서창준이 유력하긴 하나, 요즘 회사 분위기가 영 우중충해서 승진은 보류된 상황이었다.

–사람이 생각보다는 센스가 있어. 저번에 부장들 엮는 타이밍도 봐봐. 휴게실에서 노가리 깔 때, 부장들이 거기서 뭘 했겠냐? 네 호박씨밖에 더 깠겠어? 그런데 거기서 한 방에 엮어서 대가리 치는 거 봐봐.

'능력은 좋은데… 뭔가 인간미가 없다고나 할까요?'

–인간미가 없는 건 흠이 아니야. 비서실장은 원래 그래야 하는 거고. 중요한 건 너와 이해관계가 잘 맞느냐, 그런 것 아니겠어?

'흠………… 일단 조금만 더 두고 볼게요.'

–그래, 너무 서둘러서 좋을 건 없지.

역시 인사라는 건 쉽지 않다.

인사가 만사라는 말이 괜히 있는 것이 아니다.

차상식과 이런저런 얘기를 나누다 보니 어느새 제니스 컴퍼니 앞에 왔다.

비서실장 로버트 박이 한결을 마중하러 나왔다.

"웬 과일을 이렇게 사 가지고 오셨습니까?"

"요즘 다들 비타민C가 부족해 보여서요."

"하하! 제가 그래 보였습니까?"

농담 삼아 던진 말이었지만 로버트 박은 거의 반사적으로 자신의 양 볼을 매만져 보았다.

어울리지 않게 외모에 참 많은 신경을 쓰는 모양이다.

"들어가시죠."

"그럴까요?"

엘리베이터를 타고 올라가는 길.

언제나 그렇듯, 친하지 않은 사람 단둘이 밀폐된 공간에 있으니 분위기가 상당히 어색했다.

로버트 박은 어색함을 깰 겸 한결에게 뜻밖의 얘기를 전해 주었다.

"그… 소문 들으셨습니까?"

"네? 무슨 소문이요?"

"이번에 미국에서 탈중국 자본을 끌어 오기 위한 법안상정에 돌입했다고 하던데 말입니다."

"중국을 빠져나온 달러화는 원래 미국에서 나온 것이니 어쩌면 당연한 일이기도 한데……. 그래도 의외네요."

어색하던 분위기가 미국의 법안상정 하나만으로도 쉽게 깨졌다.

로버트 박은 그에 대해 아는 정보들을 하나둘 꺼내 놓기 시작했다.

"법인세 인하가 가장 큰 무기인 것으로 아는데, 만약 그렇게 된다면 달러화 자본은 다시 고향으로 회귀할 수도 있다는 생각이 드는군요."

"연어는 본능적 목적의식을 가지고 물살을 거슬러 올라가곤 하죠. 하지만 법인세 인하가 그런 본능적인 자극을 일으킬 수 있을지는 사실 좀 미지수인데요?"

"물론 달러화 자본이 전부 우르르 몰려가지는 않겠지요. 하지만 최소한 한화 30조 원 이상은 빨려 들어갈 것이라고 생각합니다."

"30조 원 이상이라……."

국가의 운영자금도 아니고 순수 투자금 30조 원이면 실로 어마어마한 규모의 돈이다. 잘하면 자금의 흐름을 완전히 반전시킬 수도 있을 정도의 힘을 가졌을 것이었다.

-이게 팩트라면 금융판이 아예 180도 뒤집힐 수도 있겠는데?

'하지만 한화 30조 원은 너무 터무니없는 금액 아니에요? 아무리 그래도 정책 하나 바꾼다고 30조는 좀…….'

-그해 농사를 결정짓는 게 법인세잖아. 게다가 법인세 감면은 단순히 기업의 세금만 깎아 주는 것이 아니라고. IRS와도 거리를 벌릴 수 있는 절호의 기회가 되기도 해.

'허! 그 정도라고요?'

-어허, 이놈이 뭘 모르네. IRS는 저승사자도 한 수 접어 줄 정도로 지독한 놈들이야. 하지만 그놈들도 뭔가 건덕지가 있어야 조질 거 아니냐. 의혹만 가지고 조지는 것에는 한계가 있다는 뜻이야.

'허공에 삽질을 할 수는 없으니 뭔가 뚜렷한 증거가 있어야 하는데, 그 가장 좋은 지표가 법인세라는 거잖아요?'

-법인세 부과내역이랑 신고내역, 현금흐름표를 딱 대조하면 한 방에 털리는 게 비자금이라는 얘기야. 그런데 만약 법인세 부과내역이 흐리멍덩하다? 조사할 맛이 나겠냐?

'와! 이건 보통의 일이 아닌 거네요?'

-그래, 인마! 정신 바짝 차려야 한다는 뜻이야!

잠시 회사 정리로 정신이 없던 한결은 일순간 눈이 번쩍

뜨였다.

"고마워요, 박 실장님! 덕분에 정신이 퍼뜩 드네요!"

"네? 그게 무슨 뜻입니까?"

"좋은 소식 감사하다고요!"

"뭐, 별거 아닌데, 아무튼, 도움이 되셨다니 기쁩니다."

§ § §

오랜만에 다시 만난 로한나 쿠스버트는 조금 더 멋져진 모습이었다.

–크! 주름마저 아름답지 않냐?

'으이그, 팔불출 아저씨 진짜! 그렇게 좋으면서 왜 이혼을 하셨어요?'

–별수 있어? 사기꾼이라고 손가락질하는 사람들이 사방팔방에서 압박을 해 오니까, 저 여자만이라도 살리겠다고 위장이혼을 했던 거지.

'제니스 캐피털을 살리려고요?'

–제니스도 살리고, 로한나도 살리고. 그때 나에겐 선택지가 없었거든.

눈물 나는 순애보다. 자신이 망해 가는 와중에도 아내는 끝까지 지키겠다는 굳은 의지를 보여 주었으니 말이다.

'사모님은 순순히 이혼을 받아들이셨어요?'

-순순히? 칼 맞아 죽을 뻔했지! 어디 여자 숨겨 놨냐고.

'크크크! 그럴 만도 했네요.'

-그게 아니라는 걸 증명하는 데 거의 목숨을 걸었었다고. 뭐, 아무튼 그래서 이혼을 하기는 했는데, 아내는 그러면 그럴수록 나에 대한 집착을 더욱 키워 갔었지.

'처음엔 원수처럼 회자하더니, 그런 이유가 있었군요.'

-…인마, 부부사이란 다 그런 거야. 남들은 모르는 사정 같은 게 있는 법이지.

천하의 사랑꾼 차상식이 아내를 등질 수밖에 없었을 때 얼마나 피눈물을 흘렸을지, 한결은 감히 상상조차 되지 않는다.

하지만 차상식은 끝내 아내를 지켜 냈고, 로한나는 이렇게 멀쩡히 회사를 운영하고 있다.

"요즘 뭐 하고 지냈어요?"

로한나는 약간 멍해진 한결의 상념을 깨우는 한 마디를 건넸다.

흠칫 놀란 한결은 반사적으로 입을 열었다.

"청소 중입니다!"

"청소요?"

"아… 회사 청소 말입니다. 쓸데없는 부장 놈들 자르고, 간신배 쳐내느라 바쁜 나날을 보내고 있었지요!"

"간신배라……. 그래요, 때론 사람을 가려 사귈 줄도 알아야 하는 법이긴 하죠."

"물론 아직은 좀 힘에 부치긴 합니다만, 언젠가는 익숙해지겠죠!"

"그래요, 원래 시간이 약인 법이잖아요?"

두 사람 앞에는 다소 특이하게 생긴 차가 탁자에 놓여 있었다.

한결은 생전 처음 맡아 보는 향에 고개를 갸웃거렸다.

"이건 뭔가요?"

"푸얼차라고, 티벳에서 가져온 거예요."

차상식은 푸얼차를 보자마자 고개를 마구 가로저었다.

—으… 난 푸얼차 질색인데!

"사부님이 푸얼차를 싫어하셨었나 봐요?"

"음? 그걸 어떻게 알았어요?"

"…그, 예전에 얼핏 들었던 것 같아요. 사모님이 과일을 싫어하신다는 말을 들으면서 말입니다."

"그런 얘기도 했었어요? 참, 그 사람이 별 얘기를 다 했었네요."

남편 얘기에 환하게 웃으면서도 로한나는 순간 고개를 갸웃거렸다.

"내가 과일을 싫어하는 걸 알면서도 사 왔다고요?"

"아핫! 비서진들이 평소에 과일 맛을 잘 못 봤을 것 같아서 말입니다."

"…이상하게 남편이랑 말하는 버릇까지 비슷하네. 어쩌다 우리 회사에 들르면 과일바구니를 꼭 사 오곤 했거든요. 나 때문에 비서들까지 고생한면서."

로한나의 미간이 살며시 일그러졌다. 마치 미묘한 현상에 얽혀 미스터리가 되어 버린 사건을 바라보는 형사처럼 말이다.

"그이가 이런 시시콜콜한 얘기까지 했다는 거… 믿어지지 않네요."

"왜, 사람이 나이를 먹다 보면 원래 말이 많아지잖습니까. 이런저런 잔소리를 하다 보면 사돈의 팔촌에 대한 것까지 다 나오더라고요!"

잔소리라는 말에 그녀는 단번에 수긍하는 모습을 보였다.

차상식은 생전에 워낙 잔소리가 많은 사람이었기에 그럴 수도 있겠다 싶은 것이었다.

"하긴 나이가 들면서 점점 잔소리를 많이 하더라고요. 듣고 보니 맞는 것 같네요."

그럴 리는 없지만, 한결은 그녀가 차상식의 혼백이 바로 옆에 있다는 것을 눈치 챌까 봐 조마조마했다.

'…놀래라!'

-극큭! 설마하니 로한나가 귀신까지 보려고?

'여자의 감이 무섭다잖아요!'

-뭐, 그건 그런데. 그 감이라는 게 이런 감이랑은 좀 달라.

'음, 그런가?'

차상식은 태평하게 얘기하고 있지만, 아까부터 연신 고개를 갸웃거리는 그녀를 보면 완전히 마음이 놓이지는 않았다.

"아무튼 간에 그건 그렇고, 저번에 우리 사촌오빠랑 했던 투자는 어땠어요?"

"아! 얘기 들으셨습니까?"

"서부 무슨 숲인가 하는 사람이랑 걸작을 만들었다고 오빠가 아주 입이 마르도록 자랑하던데요?"

"그랬습니까? 저는 손이 큰 사업가라서 그런 소소한 것으로 자랑을 할 줄은 몰랐습니다만."

"원래 마수걸이가 중요한 법이죠. 그리고 아직 모르는 게 있는 것 같은데, 우리 한결 씨가 해낸 일은 결코 소소하지 않아요."

"소소하지 않다고요?"

"벌써 아시아 전체에 걸친 물류동맹을 만들어 냈고, 대한민국 유통라인까지 싹 갈아 치웠잖아요. 투자의 승리, 수완의 쾌거라고 할 수 있겠네요."

"하핫! 그렇게까지 말씀해 주실 건 없는데. 칭찬을 들으니 기분은 좋네요!"

때론 날카롭기도 하지만, 로한나는 확실히 따뜻하고 부드러운 면이 있었다.

한결은 그런 포근함에서 어머니의 향기를 느끼곤 했다.

'참… 자상한 분이시네요.'

–자상하지. 아마 자식이 있었다면 참 예뻐했을 텐데, 그 점은 좀 아쉬워.

'음.'

뭔가 깊은 사정이 있을 것이었지만 한결은 애써 그 사정에 대해서 묻지 않았다.

이 세상에 사연 하나 없는 사람은 없을 테니 말이다.

"다만, 몇 가지 아쉬운 부분이 있어요."

부드럽게 흐르던 분위기가 다시 반전되었다.

한결은 자세부터 고쳐 잡았다.

"네, 그러리라 생각하긴 했습니다."

"많은 부분이 아쉽지만, 전체적인 내 감상으로는 엘레강스하지 않았다. 그런 생각이 들더군요."

"엘레강스……."

지난번에 차상식이 강조했던 부분이었다.

그녀는 투자에 대해서도 아주 엘레강스하게 밀고 나가는 사람이라고 말이다.

"어때요? 이참에 엘레강스한 사모펀드에 대해서 배워 보는 것이."

아주 뜻밖의, 정말 좋은 제안이었다.

한결은 당장 고개를 끄덕였다.

"네! 감사히 배우겠습니다."

"좋아요, 그럼 본격적으로 한국 시장부터 공략을 해 볼까요?"

§ § §

한결은 오전 업무를 마치고 곧장 제니스 컴퍼니로 향했다.

지하철에 앉아 부장들과 비자금 회전에 대한 상관관계가 담긴 유강진의 보고서를 읽어 보고 있었다.

–유강진도 참으로 쓸 만한 인물인데 말이야……. 스펙이 너무 모자라.

'그러게 말이에요. 아주 밑창까지 탈탈 털어 버렸잖아요?'

–그나저나 진짜 심각하긴 했나 보네. 이 새끼들, 아주 비자금 꼬불치는 데 앞장을 섰었잖아?

'맞아요, 그것도 아주 조직적으로 말이죠!'

한결과 차상식의 예상대로 여섯 개 회사의 부장들 열두 명 중 비자금 조성에 적극적이지 않은 인간은 없었다.

물론 상부의 지시에 따라 움직인 것이겠지만, 중요한 것은 그들도 회사에서 부정이 저질러지고 있다는 걸 버젓이 알고 있었다는 점이었다.

'그렇다면 회사에서 저놈들을 자르지 않았던 것도 다 이

유가 있어서였겠네요?'

—저걸 물가에 방생하는 순간, 평생토록 위험을 안고 살아야 해. 만약 여기가 남미 어딘가였다면, 저놈들은 이미 머리에 구멍이 뚫렸겠지만.

'그렇다면 우리 입장에서도 저놈들을 손에서 놓아 주면 안 되는 거 아니에요?'

—뭐, 일단은 즙을 짜는 데까지 짜낸 후에 버려도 버려야겠지.

찝찝해도 먹을거리가 남아 있다면 놈들을 놓아 주는 것은 현명한 선택은 아닐 것이다.

한결은 일단 저들의 처벌을 보류하고 차후에 처분하기로 결정했다.

이윽고 제니스 컴퍼니 로비에 들어서자 저 멀리에서 로한나가 걸어 나오는 모습이 보인다.

"신 대표! 여기요."

"네, 대표님! 아니, 뭐라고 불러야 하나? 가르침을 받는 입장이라면 싸부님이 마땅한 호칭일까요?"

"호호! 싸부, 괜찮네요. 그럼 님 자는 빼고 싸부로 가죠."

"네, 싸부!"

—와, 너 이 새끼! 나한테는 어떻게든 개길 궁리만 하더니, 로한나 앞에선 그냥 순한 강아지 같다?

한결은 차상식을 향해 혀를 날름 내밀고는 로한나를 따

라갔다.

차상식은 그게 약간 분하긴 해도 아내가 제자를 아끼는 모습을 보니 한편으로는 마음이 놓였다.

-쩝… 그래도 너랑 잘 어울려 줘서 고맙네.

'내가 원래 붙임성이 좋잖아요?'

-인마, 내 마누라가 성격이 좋은 거지!

'하긴, 그건 그래요. 누구랑은 다르게 참 자상하고 강단이 있으시죠!'

-…이 새끼, 말에 뼈가 있는 것 같다?

'큭큭큭!'

로한나를 따라서 지하로 내려간 한결은 '제니스 골프' 라고 적힌 곳에 도착했다.

"골프? 싸부, 골프도 치세요?"

"원래 비즈니스의 기본은 골프라는 말이 있죠. 어때요? 골프 좀 쳐요?"

"아니요, 골프는 거의 젬병입니다."

"그럼 지금부터 배워요. 오전 업무 끝내고 나랑 골프 치면 되겠네요."

한결은 그녀의 제안에 고개를 갸웃거렸다.

"이렇게 놀면 일은 언제 합니까?"

"호호! 이것도 일인걸요?"

"…네? 실내골프를 치는 것이 말입니까?"

"두고 보면 알게 돼요. 아무튼 간에 골프채부터 받아 와요. 박 실장이 적당한 것을 골라 줄 거예요."

엘레강스한 투자라는 것이 결국은 놀고먹는 일이란 말인가? 차상식의 색깔과는 너무 상반된 나머지 적응이 되지 않는다.

하지만 한결은 로한나의 가르침에 따르기로 한다.

'뭐, 그래도 내게 독이 되는 걸 가르치지는 않겠죠.'

-넌 흰색 도화지야. 뭘 그리든 쉽게 물들지만, 밑그림만 잘 그리면 명화가 탄생하기도 하지. 로한나는 내가 그린 밑그림에 색을 입혀 줄 거야. 잘 따라 하면 나와 로한나 사이에서 네 스타일이 나올 거다.

'음!'

뭐가 어떻게 되었건 간에 일단은 싸부가 시키는 대로 따라 해 보기로 했다.

§ § §

타악!

"굿샷!"

"어머, 생각보다 잘 치는데요?"

배운 지 30분 만에 장타가 뻗어 나왔다.

로한나는 물론이고 세미프로 자격증까지 땄다는 로버트

박까지 감탄을 금치 못했다.

“와… 골프가 생각보다는 쉽네요. 원래 골프가 배우기 쉬운 운동인가요?”

한결의 말에 로버트 박은 고개를 가로저었다.

“그럴 것 같았으면 PGA가 미어터지겠죠?”

“아, 그런가?”

“아무튼, 재능이 있으시네요. 초반에 이런 장타라니, 배우면 금방 늘겠어요.”

비록 장타만 주야장천 치고 있었으나, 그래도 이 정도면 재능이 뛰어난 편이었다.

한창 골프를 치고 있는데 로버트 박에게 전화가 왔다.

“음… 잠시만…….”

로버트 박이 한창 어드레스를 잡고 있던 로한나에게 귓속말을 전했다.

그러자 그녀는 별 대수롭지 않게 답했다.

“홀딩하라고 그래.”

“인도 쪽에서 작정하고 던지는 것 같다는데요?”

“괜찮아. 홀딩하세요.”

“네, 알겠습니다.”

타악!

말이 끝나자마자 그녀는 시원한 장타를 날렸다.

“굿샷!”

“오늘따라 샷이 잘 나오네요. 잘생긴 제자가 옆에 있어서 그런가?”

“하핫! 그렇다면 다행입니다!”

말하는 것만 들어 보면 그리 덤덤하게 넘길 상황은 아닌 것 같은데, 로한나는 평소와 다름없이 행동했다.

잠시 후, 한결이 타석에 섰을 때 다시 전화가 걸려왔다.

“응, 그래, 음, 잠시만.”

이번에는 로한나에게 굳이 귓속말을 하지 않고 육성으로 크게 얘기하는 로버트 박.

“인도 모나한 그룹에서 공매도를 멈추었다고 합니다.”

“음, 그래요? 그럼 우리도 적당히 청산할까?”

“알겠습니다. 우리도 포지션 청산하겠습니다.”

뭐가 어떻게 된 상황인지는 몰라도 인도 모나한 그룹에서 공매도 압박을 넣다가 제니스 컴퍼니에 밀려 기가 죽은 모양이었다.

연이어 장타를 치다가 잠시 휴식을 가졌다.

로한나는 한결에게 시원한 물을 건네며 물었다.

“아까 내가 뭘 한 것인지 궁금했죠?”

“네! 아무래도.”

“이번에 인도 쪽에서 쌀 수확량이 확 늘어서 곡물에 투자하고 있었거든요. 그런데 모나한 그룹에서 시장에 있는 쌀을 깡그리 다 긁어모을 기세로 곡물을 매입하더니 공매

도까지 걸어 버린 거 있죠. 나중에 한 번에 쌀을 풀어서 쪽박을 차게 만들어 준다고 협박까지 하고요."

"그런데도 골프를 치면서 지시를 하신 겁니까?"

"평정심을 유지하는 데에는 일상생활이 최고예요. 내가 원래 하던 루틴, 그대로 따라가면서 들어오는 정보를 최대한 취합해서 최선의 선택을 하죠. 물론 그러자면 그 무수한 정보들 가운데 제대로 된 정보를 분별하고, 거기에 투자했을 경우엔 얼마나 이득을 볼 수 있을지 따져 보는 안목이 필요해요."

"아! 그러니까 몸은 가만히 있어도 머리는 쉴 새 없이 돌아가고 있다는 뜻이네요?"

"맞아요, 바로 그거예요. 사무실에서 최대한 적게 머무르는 것, 그것이 바로 투자자가 해야 할 일인 거죠."

투자에는 강심장이지만 지나치게 일에 몰두하는 한결에겐 꼭 필요한 가르침이었다.

그제야 한결은 깨닫게 되었다.

제대로 사부님을 모시게 되었다고.

§ § §

골프를 치고 난 뒤에는 가볍게 샤워 후, 브런치를 먹는 것이 로한나의 루틴이었다.

한국으로 치면 아침 겸 점심이랄까.

“브런치는 가벼운 걸 추천해요. 샐러드 좋아해요?”

“닭가슴살만 들어갔다면 뭐든 좋습니다.”

“호호! 우리 남편이랑 이럴 땐 또 반대네. 우리 남편은 닭가슴살이랑은 아예 담을 쌓고 살았던 사람이거든요.”

“자극의 끝판왕! 그게 스승님이시죠.”

“맞아요! 그런 느낌이죠.”

−얼씨구! 나 없다고 아주 신이 나셨어. 응?

가벼운 브런치가 요리되는 동안에 로한나에게로 각종 투자제안이 들어오기 시작했다.

비서진들은 그녀의 뒤를 따르며 누가 어떤 제안을 해 왔는지 즉각 보고했다.

“삼선반도체에서 이번에 대중무역 기조를 변경한다고 발표했다고 합니다. 현상유지, 그 이상으로 무리하지 않겠다는 입장으로 보입니다. 지금 관련주 매입에 들어가면 낮은 가격에 시장진입이 가능할 것이라는 제안이 있습니다.”

“누구의 제안이죠?”

“니콜슨입니다.”

그녀는 고개를 돌려서 한결을 바라보았다.

“문제를 낼게요. 방금 전에 한 말 들었죠? 어떻게 처리하면 좋겠어요?”

한결은 어떤 문제와 직면했을 때, 자신에게 완벽한 자료가 손에 쥐어져 있어야 비로소 결정을 내리는 타입이다.

한마디로 완벽주의자 성향이 있다는 뜻이다.

한데 지금의 이 선택은 한결의 성향과는 뭔가 맞지 않는 구석이 있었다.

"음… 조금 생각할 시간을 주실 수 있으십니까?"

"알다시피 투자시장은 1분 1초 사이에도 갈리는 곳이에요. 화급을 다투는 상황 속에서 정보를 들춰 볼 볼 수 있는 시간이란 없어요."

순간적인 판단능력, 아마도 그녀는 한결에게 그런 걸 함양시키려는 모양이다.

한결은 이것이야말로 자신이 받은 훈련 중에서 단연 가장 하드코어하다고 생각했다.

'생각할 시간을 안 주시네!'

–내가 메기매운탕이라면 로한나는 마라탕이야. 맵기만 한 게 아니라 쓰고 떫기까지 하지. 하지만 그걸 합치면 꽤나 중독적인 맛이 된다고나 할까?

'어렵네요.'

–그냥 감이 느껴지는 대로 해 봐! 네 머리에 든 바탕 지식이 있잖아. 그걸 따라가는 거지.

한결은 그저 본능에 맡기기로 했다.

"저 같으면 포기하겠습니다!"

"음? 어째서 그렇죠?"

"지금은 미중 무역갈등이 최고조에 달한 시점입니다. 그나마 우리가 반도체로 버티고 있을 수 있는 것도 동맹국으로서 미국의 요건에 최대한 맞추고 있기 때문입니다. 하지만 그것이 결코 미래 보장성을 의미하는 것은 아니죠."

"앞으로 메모리반도체 시장의 흐름이 어떻게 될지는 모른다는 뜻이겠네요?"

"그렇습니다!"

즉각적인 반응, 하지만 그에 대한 판단은 나쁘지 않았다.

다만, 그 판단에는 몇 가지 빠진 것이 있었다.

바로 확률이었다.

"뭐, 좋아요. 다 좋은데, 우리는 시장에 변수가 나타날 확률을 계산해야 하는 사람들이죠. 장기투자적 관점으로 봤을 때에는 얼마나 이득을 챙길 수 있을지, 단기적으로 접근했을 때에는 어떨지. 물론 지금 신 대표 말처럼 행동한다고 해도 나쁠 건 없어요. 하지만 거기서 파생되는 투자는 놓칠 수 있다는 게 흠이라는 거예요."

"가지를 뻗듯이 말입니까?"

"마인드맵을 그린다고 생각하세요. 투자가 꼭 한 부분에만 머물 필요는 없다는 걸 명심하고."

"아!"

그야말로 부드러운 서퍼의 모습을 보는 것 같은 느낌이다.

결코 경박하지 않고 야단 떨지 않는 차분한 투자, 그것이야말로 진정한 엘레강스인 것이다.

'투자가 무슨 예술행위 같네?'

-여기서 네가 배울 건 뭐다? 여유로움과 강단, 그걸 배워야 한다는 거야.

'아! 그래서 아저씨가 나더러 워커홀릭이라고 뭐라고 그랬던 거구나!'

-그래! 열심히 한다는 것과 잘한다는 것은 엄연히 다르니까. 이제야 알겠냐?

드디어 앞으로 나아가야 할 길이 보이는 것 같다.

로한나가 투자업무를 처리할 때쯤, 완성된 브런치가 나왔다.

유자 드레싱의 상큼함이 코끝을 자극한다.

"향 좋은데요?"

"그래요, 많이 먹어요."

로한나는 드레싱을 야채에 섞으며 식사를 준비했다.

그러다가 시선이 한결의 서류가방으로 향했다.

"중요한 일을 앞두고 있나 보죠?"

"네, 그런 셈이긴 하죠!"

"어떻게 할 거예요?"

한결은 싱긋이 웃었다.

"싸부의 가르침대로요!"

§ § §

다음 날 아침.

다소 긴장한 표정의 부장들이 회의실에 앉아 있었다.

"대표님 나오십니다."

서창준의 한 마디에 부장들이 자동으로 기립했다.

긴장의 끈, 그것이 팽팽해져서 거의 끊어질 듯한 분위기를 자아낸다.

"앉아요."

"네!"

처음에 한결을 깔보던 눈빛은 온데간데없어졌다. 비록 존경의 눈빛은 아니더라도 어느 정도의 두려움을 품고 있다.

–크큭! 약발이 먹히긴 했나 보네.

"그럼 회의 시작합시다."

한결은 오늘 부장인사들의 향후 거취에 대해서 논하는 자리를 갖기로 했다.

열한 명의 부장들을 과연 어떻게 처리하고 대우해 줄지, 오늘 이곳에서 결정된다는 뜻이다.

그는 여기에 더해 경인하 부장까지 불러내 자리에 앉혀 놓았다.

"경 부장."

"네, 대표님…."

"좀 어때요? 견딜 만해요?"

"…어떤 결정을 내리시든 저는 대표님을 따를 뿐입니다."

경인하는 한결의 절대권력에 맞서면 어떻게 되는지 뼈저리도록 느꼈었다.

이제 더 이상 기어오를 생각 따위는 못 할 것이었다.

"다들 잘 들었죠? 내 결정을 따른다고 합니다. 여러분들도 그렇게 자신의 생각을 받아들이시길 바랍니다."

"…네, 대표님!"

"그럼 지난번 조사에 따른 내용을 발표하도록 하죠."

꿀꺽!

내사는 철저하게 진행되었고, 시시비비는 이미 가려졌다.

한결의 한 마디에 세 부장의 거취가 결정될 것이다.

하나 그는 서류를 덮어 버렸다.

"셋 다 강등입니다."

"…예?! 저는 억울합니다!"

"한 명은 원인제공을 했고, 한 명은 유언비어를 듣고 사람을 공격했으며, 한 명은 제대로 된 사전조사 없이 프로젝트를 진행했죠. 그럼 결국 세 사람 모두 잘못이 있는 것 아닌가요?"

"그, 그렇기는 합니다만……."

이 세 명이 빠졌으므로 이제 남은 사람은 여덟 명뿐이다.

하나 한결은 여기에 대고 폭탄선언을 해 버렸다.

"나머지 모두 강등입니다. 부장인사 유지는 없는 걸로 하죠."

"…예?!"

"앞으로 여러분들은 부장으로서 열심히 일해 주시면 되는 거고, 연봉이나 기타 대우는 그대로 유지해 드리죠. 다만, 업무평가가 미달이면 바로 연봉삭감입니다."

너무나도 억울하다는 표정이다.

하지만 그런 그들에게 일말의 희망이 심어졌다.

"단, 부장직이 모두 소멸하는 것은 아닙니다. 현재 회사 규모와 구조를 파악한 바에 의하면 부장은 두 명으로 충분합니다. 내년이면 누구를 그 자리에 앉힐지 결론이 날 수 있겠죠."

"…헉!"

IX홀딩스에서 배운 것은 '엘리트에겐 당근도 귀하다' 라는 것이었다.

그런 당근을 던져 주며 한결은 한 가지 전제를 달았다.

"아참, 조만간 우리 물류동맹에서 회의 열리는 거 다들 알고 있죠?"

"…물류동맹?"

"하하! 요즘에 GL그룹 매출이 얼마나 잘 나오는지, 우리의 명성이 아주 자자하다는 거 아닙니까?"

당근 뒤에 숨겨진 전제는 '이 바닥에서 내 손을 떠나면 바로 영구 실직자가 된다' 라는 것이었다.

그야말로 극도의 공포정치였다.

—크크! 아예 이직은 죽음이라는 식이네?

'그래야 도망을 안 치겠죠.'

—거기에 부장선출이라는 당근을 던져 주긴 하되, 아주 최대한 아껴 귀하게 준다는 생각이냐?

'당연하죠. 저렇게 불철주야 뛰어다녀야 엘레강스한 투자를 할 수 있도록 정보를 미친 듯이 물어다 줄 거 아니에요?'

—크크! 이건 뭐, 거의 조련사 다 됐네.

'이게 바로 아저씨가 원한 그림이죠. 그쵸?'

—맞아! 바로 이거야!

회사의 체계는 하루아침에 잡히지 않는다.

한결은 자신이 그걸 붙잡고 늘어질수록 본인만 힘들어질 뿐, 성과는 그닥 별로 없다는 걸 깨달은 것이었다.

"그럼 회의 마치겠습니다. 우리 부장들, 힘내세요."

"…감사합니다!"

§ § §

한결은 이른 저녁을 먹으러 거리로 나왔다.

'이 시간에 회사에서 나온 적은 처음이네요.'

-그만큼 여유가 없었으니까 당연히 투자기법도 다소 경직될 수밖에는 없지.

'역시 그런 거였어…….'

오늘 저녁은 집 근처에서 먹기로 했다.

아파트 상가에 있는 초밥집으로 들어온 한결은 적당한 자리에 앉았다.

"오늘은 뭐가 맛있습니까?"

"고등어 초밥이 좋습니다."

"고등어로 초밥도 만들어요?"

"네! 그럼요."

"그럼 그걸로 1인분 주세요."

"감사합니다! 고등어 초밥 1인분이요!"

-크! 고등어는 또 회로 먹어야 제맛이지!

차상식은 입맛을 다셨고, 한결은 고등어 초밥이 나올 때까지 시원한 국물로 위장을 데워 줄 생각이다.

그런 그에게 여성치곤 중저음의 목소리가 들렸다.

"저……."

소리를 따라 고개를 돌려 보니 아담한 체구에 긴 생머리의 귀염상의 미녀가 앉아 있었다.

-이얼~ 프리티걸? 이거, 그린라이트인가요!

'하여간 틈만 나면 아주!'

한결은 차상식의 주책을 무시한 채 그녀에게 답해 주었다.

"무슨 일이신지?"

"저 쿠폰 하나만 더 찍으면 초밥 공짜인데, 지금 시키시는 거 찍어서 반반 나눌래요?"

원체 일식은 잘 먹지 않아서 초밥은 특식으로나 먹는다. 내년 이맘때가 되어도 스탬프를 채울까말까 싶은 한결 입장에서야 딱히 손해 볼 일도 아니었다.

"뭐, 그러시죠."

"사장님! 이분 스탬프는 저 찍어 주세요!"

"네~ 알겠습니다!"

그녀는 사장에게 기어코 스탬프를 하나 받아서 모둠초밥을 한 상 받아 내곤 뭔가 뿌듯한 미소를 짓는다.

"덕분에 오늘 저녁은 초밥이네요! 고마워요!"

"저도 반 먹기로 했는데, 뭘요."

"안채희라고 해요! 그쪽은?"

"신한결입니다."

어느새 그녀는 한결의 옆으로 바짝 다가와 앉았다.

어차피 초밥을 나눠 먹으려면 같이 앉아야 하기에 한결은 그녀의 행동에 크게 개의치 않았다.

하지만 단순히 초밥을 먹으려 앉은 것은 아닌 것 같았다.

"이 아파트에 전세는 없는 걸로 아는데. 자수성가? 저는 아닌데……"

"저도 아닙니다."

"음! 부모님께서 돈이 많으신가 보다."

"뭐, 그건 아니고요, 제 은사께서 부자이십니다."

"아하! 저도 비슷해요! 저는 삼촌이 억수로 부자셨대요. 그래서 이렇게 좋은 집에서 살고 있고요."

"그쪽이나 저나 은혜를 입은 건 마찬가지네요?"

"그러게요!"

상당히 친화력이 좋았다. 자연스럽게 대화를 이끌어 가는 스킬이 남달랐다.

안채희는 한결에게 명함을 건네주었다.

[ISB 보도국 아나운서 안채희]

"아나운서?"

"이렇게 봐선 잘 모르시겠죠? 사람들이 다들 그러더라고요. 평소엔 뉴스 톤이 아니라서 잘 모르겠다고요."

-어? 야, 인마! 저 아가씨, 그 아가씨잖아! 8시 뉴스!

"어?!"

한결은 그제야 그녀의 정체(?)에 대해서 알게 되었다.

요즘 TV를 잘 안 봐서 깜빡하고 있었지만, 그녀는 저녁에 TV만 틀면 나오는 HKTV의 간판앵커였다.

"헤헤, 알아보셨어요? 에이, 그냥 모른 체하게 내버려둘걸!"

"신기하네요! 연예인 처음 봅니다!"

"에이! 연예인은 아니죠! 아나운서!"

살다 보니 동네에서 아나운서를 다 만나고, 한결은 이게 도대체 무슨 일인가 싶었다.

안채희는 한결에게 술을 권했다.

"기왕 이렇게 만난 김에 술이나 한잔할래요? 킵해 둔 거 있는데."

"그럼 제가 너무 미안한데?"

"괜찮아요! 덕분에 모둠초밥을 먹는데 이 정도쯤이야!"

얼렁뚱땅 술자리가 마련되었다.

§ § §

얘기를 해 보니 그녀와 한결은 통하는 구석이 제법 많았다.

"모기지론! 저도 그걸로 크게 데였잖아요! 삼촌이 재산을 남기기 전에 땡빚을 내서 아파트를 샀었거든요? 그런데 글쎄, 그게 3억이나 확 빠지는 거 있죠?!"

"확실히 대한민국도 부동산 불패는 아니게 되었어요. 그렇죠?"

"누가 아니래요!"

똑소리 나게 생겼지만 의외로 순진한(?) 구석이 있어서 부동산 투자에서 3억이나 날려 먹고 아나운서를 그만둘 뻔했다는 것이다.

–그렇게 안 생겨선 맹한 면이 있나 보네?

'원래 사람은 다 이중적인 면이 하나씩은 있잖아요. 나도 그렇고.'

–너야 냉탕과 온탕이 항상 공존하지. 천재인 것 같다가도 맹꽁이 같기도 하고. 넌 참 신비로운 녀석이야.

'…칭찬을 참 이상하게 하는 양반이란 말이지.'

–큭큭큭!

완벽할 것 같은 사람이 약간 맹하게 행동할 때가 있는 것까지 비슷했다.

어쩜 이리도 비슷한 면이 많은지 모를 일이다.

"그나저나 AS컴퍼니의 대표이사시라! 깜짝 놀랐네요! 요즘 뉴스에 자주 이름이 오르내리던데!"

"뉴스에도 이름이 나왔습니까?"

"그럼요! 바로 며칠 전에도 나왔었는데."

"그래요? 난 왜 못 봤지?"

"에이! 관심이 없으니까 그렇죠! 내가 그때 멘트 그대로 해 줘요?"

그녀는 시키지도 않았는데 갑자기 정자세를 잡더니 무표정한 얼굴로 뉴스 멘트를 스피치 하기 시작했다.

"다음 소식입니다. 최근 BIS의 자기자본비율 확립 의지에 따라서 공정위가 철퇴를 휘두른다는 보도를 해 드린 적이 있죠? 한데 이 철퇴가 사실은 정치세력의 농단에 의해 휘둘려졌다는 애기가 나오고 있어서 논란이 되고 있습니다. 한편, 그런 와중에 AS컴퍼니라는 토종 사모펀드와 공정위가 맞대결을 펼칠 수도 있다는 것에 시선이 집중되고 있다는데, 어떤 사연인지 김민지 기자가 자세히 살펴보았습니다….”

순간, 한결의 눈썹이 꿈틀거렸다.

공정위와 AS컴퍼니가 맞대결을 펼칠 수도 있다는 것쯤이야 이 바닥에선 모르는 사람이 없는 사실이었다.

한데 정치권이라니?

한결은 인상을 쓰지 않을 수 없었다.

'…뭐야, 이게? 이런 뉴스가 있었어요? 그런데 왜 비서실에서 보고하지 않은 걸까요?'

–AS컴퍼니가 공정위랑 엮인 것쯤이야 알 만한 사람은 다 알고 있는 사실이니까?

'아무튼, 그보다는 정치세력의 농단이라는 단어에 집중해야겠는데 말이죠. 갑자기 왜 정치세력이라는 이름이 나오는 걸까요?'

–그게 팩트일 가능성이 크니까. 그러니까 보도국에서도 자신 있게 내보낸 것이겠지.

'그렇다면 여섯 개 회사들로부터 정치인들이 돈을 받아처먹었을 확률도 있다는 거네요?'

-거의 100%라는 뜻 아니겠냐?

뭔가 구린 구석이 있는 게 분명했다.

한결은 안채희의 멘트를 듣고 신기하다는 듯이 박수를 쳤다.

"와! 뉴스에서 나오던 목소리와 똑같네!"

"에이, 당연하죠! 내가 하는 멘트인데!"

"뉴스를 라이브로 보다니, 영광인데요?"

"뉴스는 원래 라이브예요! 멘트만 따로 연습하는 거지."

"그런 거예요?"

한결은 어쩐지 이 여자와 조금 더 가깝게 지낼 필요가 있겠다 싶었다.

오늘은 날도 토요일이겠다, 한결은 자리를 옮겨 보기로 했다.

"제가 사케도 얻어먹었는데 칵테일 한잔 사 드릴까요?"

"에이! 우리 엄마가 모르는 남자한테 술을 얻어먹으면 안 된다고 했는데?"

"에이! 모르는 남자한테 먼저 술을 사 줬으니까 그건 무효!"

"그런가? 에라, 모르겠다! 그럼 갈까요?"

안채희는 생각보다 화끈한 성격이었다.

함께 초밥집을 나와 근처 칵테일바로 향했다.

"행여나 정보 캐려고 술 사는 거면 혼나요!"

"……네?"

"음? 아닌가? 보통 사업가들은 자신한테 뭐 하나 떨어지는 거 없나 해서 만나자고 하더라고요! 그래서 선수 친 거예요!"

정곡이 찔리긴 했어도 한결은 능숙하게 위기를 넘겼다.

"에이, 그건 아니죠. 친목 도모."

"그렇죠? 친목 도모!"

이 업계가 정보싸움이 치열하다는 걸 알고 있을 테니 일부러 선을 긋는 모양이다.

안채희는 오히려 남녀 간의 상열지사라면 몰라도 비즈니스적인 관계에는 신물이 난 것이 분명했다.

–오히려 좋아?

'…하여간 주책은 진짜.'

–그나저나 정보 캐긴 어려울 것 같은데 말이야.

'안 되면 말죠, 뭐.'

한결은 정보채굴은 그만두고 술이나 마실 요량이다.

한데…….

"그래서 말인데! 아까 그 정치인 얘기 말이에요! 그 내막이 궁금하지 않아요?"

"…내막을 알아요?"

"에이, 당연하죠! 앵커인데!"

–큭큭! 우리끼리 괜히 난리 피웠네. 그치?

엘레강스한 태도가 꼭 아니더라도 정보는 이렇게 알아서 나오기도 하는 모양이다.

제5장
기세

듣기 좋은 재즈 선율이 잔잔하게 흐르는 칵테일바에 나란히 앉은 한결과 안채희는 아까의 얘기를 계속 이어 나갔다.

“공정위가 여야의 압박을 받는다는 얘기가 나돌고 있어요. 대통령 권력기관에서 탈피시킨다는 명분을 앞세우면서 말이죠.”

“사실은 그렇게 될 리가 없을 텐데?”

“그게 바로 이번 사건의 핵심이라는 거예요. 될 리가 없는 일이지만, 본인들 입장에서는 일단 압박을 받으면 움직일 수밖에 없거든요. 물론 그런다고 대통령의 권력이 사라지냐면, 그건 또 아니니까 여당 입장에서도 나쁠 것 없고요.”

"한마디로 공정위만 삥이치다 끝날 사건이라는 뜻이네요?"

"빙고! 그리고 AS컴퍼니 역시 뺑뺑이를 돌게 될 수도 있고요."

"흠!"

생각보다 사건의 덩어리가 크다.

-일어날 리가 없는 사건을 중심으로 권력이 똘똘 뭉쳐 공정위를 흔들어 준다……. 이거, 판이 너무 큰데?

'하필이면 정계가 엮여 있을 건 또 뭐람.'

-뭐, 그건 생각해 보면 전혀 뜻밖의 일은 또 아니야. 과거 인트펀드 때도 그랬었지만 이번 사건들을 생각해 봐. 그렇게 개미들, 서민들 등골을 쪽쪽 뽑아 먹는 새끼들이 판치고 있어도 우리가 끼어들기 전까진 제대로 처벌을 받은 적도 없었어. 왜 그런 걸까?

'아! 정경유착!'

-그래, 바로 그거야! 이 새끼들은 애초에 작전세력이든 리딩방이든, 없애고 싶은 마음이 정말 눈곱만큼도 없었던 거지.

'와! 그럼 도대체 정치인들은 왜 존재하는 건데요?'

-그건 정치인들에게 물어봐야지. 우리로선 그 존재가치를 이해할 수 없으니까.

애초에 오로지 욕심, 권력, 그것에만 몰두해 있는 정치인들에게 뭔가를 기대한다는 것 자체가 어불성설이었다.

한결은 절로 인상이 와락 일그러졌다.

"결국엔 자기들 뱃속만 채우고 일 끝낸다는 소리잖아요?"

"그런 셈이죠. 하지만 정치라는 게 원래 그래요. 나도 대학에서 정치를 전공했지만, 그만큼 더럽고 치사한 게 없거든요. 정치의 기본은 상생이라지만, 대학에서조차 정치의 기본은 권모술수라고 가르치거든요."

한결의 인상이 아까보다 한층 더 일그러졌다.

차상식이 농담처럼 한결에게 해 줬던 말을 정치외교를 전공한 안채희가 똑같이 하고 있는 것이었다.

-정치는 일반적으로 생각하는 개념과는 완전히 다르다는 걸 알고 있군! 음, 아주 제대로 배웠어!

'권모술수 중상모략이 정치의 기본이라면, 굳이 그걸 배우는 이유는 뭘까요?'

-나라의 이득, 그것을 남에게서 취하고 내 것을 지키기 위해 배우는 거지. 하지만 그게 비단 국제정치에서만 적용될까? 그게 아니라는 게 문제야.

'…신물이 나네요, 신물이!'

-그래도 배워야 하는 게 정치야. 더럽고 치사해도 이 바닥에서 살아가는 데 반드시 필요한 거거든!

투자자로서 살아가는 게 이렇게 힘들 줄이야.

한결은 씁쓸함을 감추지 못했다.

"뭐, 아무튼 간에 공정위는 도대체 뭘 어떻게 철퇴를 휘두르겠다는 걸까요?"

"음, 글쎄요, 아직 거기까진 나도 알아낸 바가 없어요. 사실 취재국에서도 보도국에 그런 핵심정보까진 잘 안 내어 주거든요. 그나마 나도 앵커이니까 이 정도 받아 낸 거고요."

"그렇군요!"

이 일에 대해선 더 이상 묻지 않기로 했다. 정치의 기본이 중상모략이라면, 이제 곧 자세한 내막은 알아서 드러날 테니까.

지금부터 중요한 것은 한결이 저들보다 먼저 움직여야 한다는 점이었다.

'어떻게 대비하면 좋을까요? 어쨌거나 저놈들이 AS컴퍼니를 쳐낼 것이라는 사실은 이제 명백해졌잖아요.'

–뭐, 그렇기는 하지.

'방어를 위해 전초기지라도 세워야 하나?'

고민하는 한결에게 차상식은 덤덤하게 아주 중요한 가르침을 주었다.

–최선의 방어는 뭘까?

'공격?'

–아니, 우군을 만드는 것.

'우군? 단순히 우군만 만든다고 방어가 될까요?'

-방어의 기본은 공격을 아예 못 하게 만드는 거야. 공격이 없으면? 방어태세를 갖출 필요도 없지.

'아! 역시 고인 물은 뭔가 좀 다르네요!'

-새꺄, 고인 물이 뭐냐? 레전드!

'전설이 된다는 게 고인 물이잖아요?'

-…이 새끼가 이상하게 점점 말발이 느네?

'큭큭큭!'

아주 중요한 가르침을 받았다.

그렇다면 이제부터 그 가르침을 제대로 활용해 볼 차례이다.

"그렇다면 말이죠. 공정위에 목숨 거는 사람들의 정적들로는 누가 있을까요?"

"음…… 그거야 나도 알 수는 없지만, 이렇게 생각해 볼 수는 있죠. 공정위를 움직이는 사람들의 목적과 반대되는 사람들이 있다면? 그런 사람들이 있다면 정적이라 볼 수도 있지 않겠어요?"

"어?"

-똘똘한데? 야, 야, 아무래도 네 신붓감은 여기 있었나 보다!

차상식의 말처럼 안채희는 정말 똑소리가 나는 사람이다.

앞으로 친하게 지내면 좋겠다는 생각이 든다.

"우리, 자주 술자리 가질까요?"

"나야 좋죠! 그런데 이거, 나만 너무 퍼 주는 것 같은데?"

-크흐흐, 그래! 오는 게 있으면 가는 것도 있어야지! 야, 야, 창고 좀 열어 봐라!

안채희가 워낙 마음에 들은지라, 차상식은 자신의 보물 창고를 아주 화끈하게 열어 주기로 했다.

"잠깐만요. 내가 아주 좋은 보도거리 하나 드릴게요."

"어머, 정말요?!"

"한국의 정이라는 게, 오고 가는 것이 있어야 하는 거 아니겠습니까?"

"그래요, 한국의 정. 아직 이 사회는 죽지 않았네요!"

이제야 안채희가 얼굴이 환하게 핀다.

-좋네, 좋아! 자, 그럼 검색해 보자. 암시장이라고 쳐 봐.

'암시장? 요즘 때가 어느 때인데 암시장이 있어요?'

-나 참, 이놈이 뭘 모르네. 암시장은 오래전부터 부자들의 단골 장터였어. 지금도 물론 마찬가지고.

'허!'

-넌 어차피 암시장 따위는 필요 없는 사람이니까 이참에 정보 보따리 시원하게 풀어 버려!

한결은 부자들이 자주 이용하는 암시장이라는 키워드 중에서 하나를 골랐다.

바로 중고전자였다.

§ § §

젊고 잘생긴 사업가, 그것이 바로 AS컴퍼니의 대표이사 신한결을 한마디로 표현할 수 있는 수식어였다.

처음엔 얼굴이 스타일이라 접근했던 안채희는 신한결의 정보력에 크게 놀라고 말았다.

"설마하니 재벌들이 중고전자를 사고팔 줄은 몰랐는데, 이런 게 있더라고요?"

"…중고 반도체?"

AI기술이 발달하면서 하이엔드 반도체의 가격은 개당 수천만 원을 호가하고 있다.

주로 미국에서 생산되어 인공지능 엔진에 사용되는 하이엔드 반도체는 미중 무역갈등이 심화하면서 가격이 급상승했다. 미국의 금수조치 때문이었다.

한데 놀랍게도 신한결의 정보에 의하면, 이 금수조치를 뚫으려 중고 반도체가 한국에서 중국으로 밀수된다는 것이었다.

"얼마 전에 AI엔진이 발표되었던 거 기억하시죠? 거기에 들어가는 반도체만 무려 1조 2천억 상당이었다고 하더라고요. 한데 1조 2천억으로 만든 작품치곤 가성비가 미친 듯이 좋았죠. 중국도 이제는 그런 기술을 손에 넣고 싶어도 미국에서 제재를 해 버려서 불가능합니다. 돈을 싸 짊어지고 찾아가도 내어 주지를 않죠."

"그래서 뒷돈을 주고 암시장에서 중고 반도체를 거래한다고요?"

"물론 미국이 사용하고 있는 수준의 반도체 발끝도 못 따라갑니다만, 중국 입장에서는 이 정도도 감지덕지라 이거죠."

"…이거, 뉴스 한번 타면 제대로 터지겠는데요?"

"후후, 그렇죠? 잘못하면 공정위의 칼날이 그쪽으로 옮겨 갈 수도 있을 것이고요."

"아! 이것이야말로 상부상조?!"

안채희는 진심으로 경탄하고 말았다.

신한결이라는 사람의 정보 운용능력과 짜임새는 가히 사기라고 말할 수 있을 정도였다.

안채희는 신한결을 절대 놓쳐선 안 되겠다는 생각이 들었다.

"이거 내가 쓸게요! 목숨 걸고 보도할 테니까, 당신은 회사 지켜요!"

"당신이 보도해 주면 나는 공정위와 관련된 정치인들을

확 감아칠 수 있는 방법을 강구해 보도록 하죠. 그렇게 해서 결과가 좋으면 그 반대편 세력들을 움직일 수도 있을 거고요."

"음! 좋네요!"

"자, 그럼 이제 막잔 마시고 일어날까요?"

"아! 잠깐!"

순간, 그녀는 술잔을 손에 쥐려는 한결의 옷깃을 잡았다.

뭔가 이대로 일어서면 관계에 진전이 없을 것 같다는 생각이 든 것이다.

'…절대로 그냥은 못 보내지. 지금까지 만났던 놈들과는 차원이 다른 사람이잖아!'

사업가 중에 잘생긴 사람은 얼마든지 있다.

하지만 이렇게 넘사벽의 능력까지 갖춘 사람은 결코 없었다.

안채희는 특유의 철판전술을 사용하기로 했다.

"우리, 다음엔 밖에서 만나요!"

"밖에? 어디서 말입니까?"

"그… 가오리찜 어때요?"

"가오리찜 좋죠!"

"개인번호 주세요! SNS 하시면 아이디도 좀 알려 주시고!"

"흠, SNS는 안 하고 개인번호는 드릴 수 있죠."

"앗싸!"

"…앗싸?"

고개를 갸웃거리는 그에게 안채희가 웃으며 둘러댄다.

"하핫! 친구 생겨서 너무 좋네요! 그쵸?!"

§ § §

어쩌다 보니 뉴스 앵커와 친해졌다.

"나 참, 살다 보니 별일이 다 있네."

—야야! 아까 걔 눈빛 봤냐? 너한테 푹 빠졌다니까?!

"에이, 거참! 또 시작이네. 아니라고요!"

—어허! 감이 맞대도 그러네!

"어허! 아니래도 그러네!"

—에라, 이 모쏠 자식아! 그러다가 거시기에 곰팡이 핀다?

"거참!"

안채희와 개인번호를 교환하고 일주일 뒤에 가오리찜을 먹자고 약속까지 잡았지만, 한결은 그녀를 비즈니스 대상 이상으로는 보지 않았다.

어쩐지 그래야 할 것 같았기 때문이다.

"아무튼 간에 저쪽에서 뉴스를 터뜨려 주면 우리도 움직일 시간을 벌 수 있겠네요. 그쵸?"

–뭐 그렇기는 한데, 움직이려고 해도 정보가 부족해. 정치권과 너무 가까이 접촉하면 우리만 피 보고 끝날 수도 있거든.

"그럼 우리 대신 움직여 줄 수족이 필요하다는 뜻이네요?"

–수족이긴 한데, 정치인의 뒤를 파내도 전혀 뒤탈이 없을 만한 인물이어야 하겠지.

"음? 그럼 결론 났네요. 여왕벌!"

차상식은 고개를 가로저었다.

–에이! 개는 좀 아니지! 은행원이잖냐.

"아니요, 걔 라이벌!"

–아하! 유미연!

"그래요, 유미연! 유미연이라면 사회부 기자니까 딱히 문제 될 건 없겠죠."

–정치부가 떡하니 있는데, 괜찮으려나?

"사회현상에 딱 맞을 만한 일이잖아요? AS컴퍼니를 공정위가 철퇴로 때린다! 거기에 정치세력이 도사리고 있다면야 사회부가 나서야 할 일이죠!"

–어라? 그러네? 이 자식이 이젠 뭐 귀걸이, 코걸이 전략도 술술 풀어낼 줄 아네!

"아무튼 간에 그럼 유미연을 어떻게 움직이면 좋을까요?"

—흠! 있어 봐라…………

차상식은 가만히 생각에 잠겼다.

대략 5분쯤 지날 무렵, 차상식은 돌연 무릎을 탁 쳤다.

—아하!

마치 아르키메데스가 목욕탕에서 유레카를 외치듯, 환하게 웃는 차상식.

—아, 맞다! 그게 있었네!

“그거라니요?”

—야, 야, 얼른 웹하드 다시 들어가 봐!

“뭔데 그래요?”

—마침 지금 딱 터뜨리면 좋을 만한 폭죽이 준비되어 있었거든!

§ § §

한강일보 사회부는 최근 주가조작 카르텔에 대한 기사로 스포트라이트를 받았었다.

그 후로 밀려든 광고의 스케일은 그야말로 역대급이라 할 만했다.

“우리 신문사가 광고규모 1등을 찍었다는 거 아니냐!”

“축하드립니다, 부장님!”

사회부 부장 주형식은 이제 곧 승진을 하게 될 것이라며 아주 기분이 붕 떠 있었다.

하지만 유미연은 기분이 영 별로였다.

“넌 또 왜 그렇게 우거지상을 하고 있어? 잔칫집에 양잿물 뿌릴 일 있나.”

“…몰라요.”

“야, 걔 왜 저러냐?”

선배 기자들은 하나같이 어깨를 으쓱거린다.

유미연의 기분이야 워낙 들쑥날쑥해서 도무지 종잡을 수 없다는 게 선배들의 생각이었다.

그러거나 말거나, 부장 이하 모든 기자들이 기분 좋게 회식하러 나간다.

“자, 가자! 오늘은 내가 쏜다!”

“간만에 좋은 데 가는 겁니까?”

“아잇! 그럼! 어이, 유미연이! 너도 따라와!”

그녀는 고개를 가로저었다.

“…안 가요.”

“거 증말! 이럴 땐 기분 좀 맞춰 주면 어디 덧나냐?”

“안 간다고요!”

“어휴, 저 꼴통 저거!”

선후배 기자들이 고개를 절레절레 흔들며 회사를 나섰다.

이제 텅 비어 버린 사회부실 구석으로 털레털레 걸어간 유미연은 간이침대에 몸을 뉘었다.

"…그깟 잔챙이 몇 마리 잡았다고 좋아하긴. 자기들이 설레발 치는 바람에 왕거니는 잡지도 못 했구만!"

유미연은 이 악의 세력들을 아주 뿌리 뽑으려 노력했고, 이제 곧 그 끝이 보이는 듯했다.

하지만 깊고 어두운 곳으로 걸어 들어가려 할 때, 기자들은 한 발 뒤로 빠져 취재를 중단했다.

모종의 세력이 버티고 있기에 더 앞으로 나아갈 수 없는 것이었다.

물론 그 모종의 세력이 정치권이라는 건 삼척동자도 다 아는 일이었지만, 누구도 입 밖으로 꺼내지는 못했다.

"권력의 개 같으니!"

이럴 땐 도대체 뭐 하러 기자생활을 하고 있나 싶었다.

기자가 기자다워야 하는 것 아닌가? 유미연은 그런 생각 때문에 엄청난 스트레스에 시달리고 있는 것이었다.

딩동!

힘없이 누워서 스마트폰만 들여다보고 있는데 돌연 메시지가 왔다.

"어?!"

유미연은 자리에서 벌떡 일어섰다.

메시지를 보낸 사람은 다름 아닌 '이상한 제보자'였다.

한동안 연락이 없더니, 이렇게 축 처져 있을 때 딱 맞춰서 연락을 주었다.

[이상한 제보자 : 잠깐 얘기 좀 할 수 있을까요?]

[나 : 물론이죠]

그동안 왜 연락이 없었는지, 도대체 요즘은 어떻게 지내고 있는지 궁금한 것이 한 무더기였다.

하지만 그러거나 말거나 이상한 제보자는 아주 간결하게 대화를 이끌어 나간다.

[이상한 제보자 : 가구제작사의 배후에 있는 카르텔에 대해 제보하려 합니다]

"엥? 가구라니?"

이 세상에 수많은 카르텔이 있지만 가구제작사에도 카르텔이 있다는 얘기는 금시초문이었다. 도대체 침대나 가구를 만드는 회사들이 담합을 할 이유가 뭐가 있단 말인가?

유미연은 머리를 굴려 보았지만 도저히 답을 찾을 수 없었다.

그 이유는 간단했다.

[이상한 제보자 : 배후의 카르텔을 잡아 족친다면 아마 재미가 쏠쏠할 겁니다]

"아! 배후! 오호, 역시!"

이상한 제보자는 가구제작사 자체가 아니라 그 배후에 있는 어떤 흑막을 찾아 족치자는 것이었다.

만약 그렇다면 할 얘기가 엄청나게 많아질 것이었다.

[나 : 배후가 누구인데요?]

[이상한 제보자 : 침대의 철강제품, 수입산 원목, 그리고 원단입니다]

[나 : 제강과 제재, 제직 말인가요?]

[이상한 제보자 : 그렇습니다]

"흠? 뭔가 좀 뻔한 내용 같기는 한데……."

얼마 전, 침대의 프레임 및 강선 등을 담합하다가 적발되어 과징금을 얻어맞은 사건이 있었다.

어쩌면 원목을 다듬는다거나 원단을 만들어 납품할 때에도 담합이 있었을지도 모른다.

하지만 그것이 과연 신문 1면을 강타할 수 있을 만한 기사가 될까?

"끽해 봤자 중소기업 담합 몇 건인데……. 음, 뭐지?"

한국에서 제철소가 작정하고 가격을 미친 듯이 올려 문제가 된다면 모를까, 흔한 제강소나 제재소 몇 곳을 족친다고 터질 문제는 그리 많지 않았다.

[이상한 제보자 : 지금까지 가구의 가격이 가파르게 올라갔었죠? 왜 그랬을까요? 인건비, 자재비용의 상승? 아니요. 대기업이 작정하고 가격을 올렸기 때문이겠죠]

[나 : 가구회사랑 대기업이 무슨 상관인데요?]

[이상한 제보자 : 과거의 대한민국 재벌들은 너 나 할 것 없이 가구회사를 만들었습니다. 왜냐? 일감 몰아주기에 좋고, 현금을 창출해 운전자금으로 쓰기 딱 좋았으니까요]

"어? 이러면 얘기가 좀 달라지는데?"

실제로 재벌들은 앞다투어 가구회사를 만들어 순위경쟁을 벌였었는데, 그 당시에 동원된 자금만 해도 수천억이었다.

건물을 짓고 배를 만들면 거기에 들어가는 가구를 모회사에서 매입해 실적을 밀어주는 식이었다.

그야말로 건설만큼이나 경쟁이 치열했던 곳이 바로 가구회사들이었다는 뜻이다.

[이상한 제보자 : 요즘 붙박이장이다 뭐다 해서 옵션으로 가구를 많이들 들여놓죠? 그런데 그 가격이 상승한다면? 과연 그걸 중견기업들이나 대기업들이 가만히 내버려뒀을까요?]

[나 : 그렇다면 일부러 가격을 상승시켰다고요?]

[이상한 제보자 : 그래야 총 실적이 더 많이 올라가죠. 그렇게 해서 실적 올리면 주가 올라가고, 대금융 조달 금리도 내려가죠. 일석이조 아닙니까?]

"이건…… 스케일이 다르잖아. 단순한 담합이 아니라 실적 올리기 작전 아니야?!"

실적이 눈덩이처럼 불어나면 내실과 상관없이 조달 금리 하락과 주가상승이 동반된다.

한마디로 자금경색 국면을 아주 손쉽게 뚫어 낼 수 있다는 뜻이다.

만약 일이 여기까지 왔다면, 누군가가 공정위가 더 깊은 곳으로 뚫고 들어가지 못하도록 손을 쓰고 있었을지도 모른다는 얘기였다.

[나 : 잘못하면 정치권과도 엮일지도 모르는데요?]

[이상한 제보자 : 그래서 문제 될 것이 있을까요?]

"흠!"

문제 될 일이야 얼마든지 있다. 당장 정치권 눈치 보는 부장부터 한강일보 총 편집장까지 나서서 그녀를 제지할 수도 있다. 하지만 그건 기사를 쓴 이후의 문제인 거지, 기사를 쓰는 본질적인 것에는 아무런 문제가 없었다.

[나 : 그렇긴 하죠]

[이상한 제보자 : 만약 정치권에서 뭔가 압력을 넣는다면 오히려 그 나름대로 제게는 좋은 일이 될 겁니다. 제가 당신에게 부탁하고 싶은 것이 바로 정치권에서 나오는 정보들이거든요]

"연계… 를 하려는 건가?"

이상한 제보자는 언제나 사건과 사건의 연결고리를 만들려고 노력한다.

유미연은 고민했다.

이런 연계성이라면 편집장에게 대차게 까여도, 부장에게 얼마든 욕을 먹어도 괜찮을 것 같다고 말이다.

[나 : 할게요. 정보만 넘겨주면 정치권에서 정보를 물어오는 건 내가 하죠]

§ § §

"이야! 유미연, 깡다구 좋은데?"

-신문사에서 광고 끊어지면 바로 모가지 잘릴 텐데, 대차긴 하다. 그치?

한결과 차상식은 유미연의 결단력에 감탄할 뿐이었다.

“그나저나 가구회사 흑막 문제는 어떻게 알게 된 거예요?”

–이거? 인마, 이게 몇 년 묵은 건데. 90년대에 터졌던 거잖아. 넌 신문도 안 보냐?

“…그 당시면 나는 아직 꼬맹이일 때인데요?”

–아, 그랬던가? 뭐, 아무튼 간에 이 가구회사 문제가 터진 게 90년대인데, 사실은 그 전부터 일감 몰아주기로 말이 많았었거든. 제강회사도 마찬가지야. 모회사가 일감을 마구 몰아줘서 공정위로부터 철퇴 맞은 적이 한두 번이었겠냐?

“한데 요즘 하도 경기가 안 좋고 흉흉한 사건들이 많아서 수면위로 올라오지 못하고 있었을 뿐이다, 뭐 그런 거예요?”

–잘못하면 대기업들 타작하다가 중소기업까지 줄줄이 나자빠지게 생겼으니 어쩌겠냐. 그저 쉬쉬하고 있을 수밖에.

확실히 차상식은 정보를 수집하는 짜임새가 좋은 사람이다. 벌써 수십 년이나 된 정보를 지금까지 가지고 있다가 풀어놓겠다는 것이었다.

다만, 그렇게 하면 유미연은 그대로 아웃이 될 수도 있다.

“그럼 유미연은 어떻게 해요?”

—어떻게 하다니?

"저러다가 잘리면 정보통 하나를 잃는 거잖아요."

—그래서 잘릴 회사 같으면 차라리 그냥 나오는 게 낫지 않냐? 무슨 기자가 마음대로 기사 한 줄 못 쓰게 해?

"뭐, 그렇기는 한데."

—…라고 말할 줄 알았어? 당연히 방책이 있지, 인마!

"에이! 또 장난치네!"

—크크크! 속았냐?

"나이가 들어서 그런가? 진지한 모습이 없어, 진지한 모습이!"

—…나이 얘기는 하지 마라.

"그나저나 방책이라는 게 뭔데요?"

차상식은 어떤 일을 벌이든 간에 반드시 책임은 지는 사람이다.

—내 재산을 좀 털어서 광고를 해 볼까 싶은데?

"어? 대기업들 제치고 아저씨가 광고를 넣겠다고요?"

—광고도 넣고, 투자도 하고! 제2 차명으로 굴리는 돈 있잖냐. 그게 제법 불어났잖아? 거기에 내 원래 재산 약간 보태서 아예 한강일보 모회사의 대주주가 되려고.

"허!"

—뭘 놀래고 그래? 원래 투자자는 그런 거야. 걸리적거리는 게 있으면 사 버리면 그만이라고.

"와! 스케일 대박! 와아!"

대다수의 사람들에게 수천억은 평생은커녕 꿈에서도 접하지 못할 큰돈이다.

하지만 차상식에게 있어 수천억은 그저 숫자에 불과했을 뿐이다.

숫자로 해결할 수 있는 일이라면, 그저 그 숫자를 일부 옮기면 되는 것이 차상식의 스타일이었다.

–그런 고민할 시간에 투자를 해서 돈을 벌면 되잖아. 우리에게 시간은 곧 금인데, 그걸 날리게 만들어? 그럴 바엔 한 1조 원 박아 놓고 한국 언론사들 통제하는 게 빠르지 않겠냐?

"하긴 그게 제일 빠른 방법이긴 하죠!"

–그래, 제일 빠르지. 그리고 제일 재미있기도 하고!

차상식은 언젠가부터 흥미 이상의 투자는 잘 하지 않는다. 어차피 육신도 없고, 딱히 이승에 대한 미련도 별로 없기 때문이다.

미련이 없는 사람은 돈이 된다고 투자를 하지 않는다. 자신을 흥분시키는 것에 돈을 거는 것이다.

–자, 그럼 저놈들 대가리부터 좀 쳐 볼까?

"지금부터 매수 들어가려고요?"

–당연하지! 일단은 내가 꼬불쳐 놓았던 재산부터 좀 찾아볼까 싶은데 말이야.

"비자금이 있었어요?"

-비자금이야 많지. 하지만 뭐, 이건 비자금이라고 할 정도의 규모는 아니야.

"그럼 어느 정도 규모인데요?"

-내가 만약 살아 있었다면 네게 세뱃돈으로 줄 정도?

과연 그것이 얼마라는 것일까?

싸부님의 세뱃돈이라고 하니 왠지 무섭기까지 했다.

한결은 차상식이 시키는 대로 행동하기로 했다.

-일단은 웹하드에 있는 인증서 중에서 미국 아메리칸 뱅크의 회원전용 어플에 접속할 수 있는 것을 다운로드 받아. 그리고 내가 알려 주는 URL을 타고 들어가서 어플을 다운받고.

"음… 잠깐만요."

설명이 그렇게 어렵지는 않아서 다운로드는 금방 끝났다.

-그리고 접속해서 지금 가지고 있는 양도성예금증서를 모두 현금화시켜.

"양도성예금… 어?"

-왜 그래?

"…내가 지금 잘못 보고 있는 거 아니죠?"

한결은 자신의 눈을 의심할 수밖에 없었다.

이건 세뱃돈이라고 하기엔 너무 엄청난 액수였기 때문이다.

§ § §

서울의 밤은 화려하기만 했다.

하나 짙은 어둠이 내려앉은 화려한 도시를 거니는 유미연의 표정은 마치 칠흑과도 같았다.

"…젠장!"

얼마 전, 이상한 제보자로부터 조사명단을 받고 정보를 수집하던 유미연은 뜻하지 않은 인간관계의 절단을 맛보았다.

지금까지 정보를 주고받았던 기자들은 물론이고 정계와 관련된 사람들 모두가 전화를 차단해 버린 것이었다.

그저 정치권에 다가서는 것만으로도 이렇게 칼차단을 당하다니, 유미연은 새삼 인생에 대한 회한이 느껴졌다.

밤거리를 홀로 걷던 유미연은 구로의 한 허름한 중식당 안으로 들어갔다.

"어? 미연이? 니가 이 시간엔 어째?"

"…뭐, 그렇게 됐어."

중식당 '하오'는 조선족 장춘길이 운영하는 곳으로, 꽤나 비싸게 정보가 거래되는 일종의 암시장이었다.

유미연은 5년 전, 의문의 사고로 죽은 사수 유천영에게서 장춘길을 소개받았는데, 유천영과 장춘길은 서로 의형제 사이였다.

때문에 장춘길은 마치 사촌오빠처럼 유미연을 무조건 믿고 도와주고 있었다.

190cm의 장신에 민머리인 장춘길은 그 인상만으로도 좌중을 압도하게 만들 정도로 험상궂게 생겼다. 하나 그는 손끝이 아주 섬세해서 요리에 일가견이 있었다.

"저녁 먹었니? 잡채라도 좀 해 줄까?"

"…됐어. 입맛 없어."

"어째 그러니? 사람이 아무리 힘들어도 밥은 굶으면 아니 되지."

"그나저나 하오 씨, 나 부탁 하나만 해도 돼?"

장춘길의 별명 '하오'는 유천영이 지어 준 것이었다.

오랜만에 하오라는 말을 들은 장춘길은 피식 웃음을 지었다.

"뭐, 부탁이야 언제든 들어줄 수 있지. 근데 기냥은 아이되지. 밥 먼저 먹으라."

"그놈의 밥……. 어째 오빠랑 똑같은 소리만 골라서 할까?"

유천영은 유미연의 사촌오빠이자 신문사 사수였다. 유미연이 사회부에 죽기살기로 붙어 있으려는 것도 오빠 때문이고, 기자로서의 사명을 지키는 것도 오빠 때문이었다.

물론 유천영은 죽기 전에 유미연에게 더 이상 기자생활은 하지 말라고 조언했었지만 말이다.

"아무튼, 밥은 먹으라. 알겠니?"

"…그럼 볶음밥이나 좀 해 줘."

"그래, 기다리라!"

장춘길이 주방으로 들어가자 유미연은 그 옆에서 함께 중식도를 잡았다.

유미연은 장춘길의 옆에서 야채를 다듬어서 썰고 그것을 볶기 좋게 그릇에 담아 주었다.

요리를 하는 동안 장춘길이 물었다.

"기래, 무슨 일이 있어서 한동안 안 찾아오던 이 하오를 다 찾아왔니?"

"내가 거래하는 정보원이 있거든? 아주 죽이는 기삿감을 줬는데, 조사를 하면 할수록 일이 꼬여. 이제는 정보를 거래하던 기자들까지 잠수를 타 버려. 어쩌면 좋아?"

"…니나 니 오라비나 아주 특종에 목숨 거는 거는 피차일반이구나, 야. 느그 집안 종특이니?"

"뭐, 그럴지도 모르지."

장춘길은 유미연의 기자생활 자체를 별로 좋아하지 않았다.

잘못하면 죽은 친구의 유일한 흔적마저 사라져 버릴까 두려운 것이었다.

"아서라! 그런 일에는 끼어드는 거 아이야!"

"지금 내 사정이 좀 안 좋아서 그래. 하오 씨가 좀 도와줘."

장춘길은 고개를 가로저었다.

"니 오라비가 죽기 전에 한 정치인을 쫓았었거든. 너도 알고 있지 않니?"

"알지."

"그 정치인 정보를 내가 줬단 말이지. 그런데 내 친구가 원인도 모른 채 죽었어. 그 후로 지금까지 그놈에 대한 흔적도 못 잡아내고 있다. 그런데 니한테 정보를 줘? 차라리 나더러 죽으라 그래라!"

처음 장춘길이 한국에서 자리를 잡았을 때만 해도 인간 백정이 따로 없었다. 그런 그의 인생을 구제해 준 것이 바로 유천영이었다.

유천영은 장춘길에게 진심으로 대해 주었고 인생 막장이었던 인생을 수렁에서 건져 주었다.

장춘길은 아직 그 은혜를 갚지 못했다.

"나를 막장에서 건져 준 은혜는 다 갚지도 못했는데, 그 친구는 불꽃처럼 사라져 버리더라. 내가 요즘에도 밤에 잠을 못 자. 알고 있니?"

"……."

"정치란 그런 곳이고, 기자란 그렇게도 위험한 직업인 거이야. 알갔니?"

유미연은 굳게 다물고 있던 입을 어렵사리 열었다.

"…내가 오빠를 죽인 흑막을 찾아서 담가 버린다면? 그럼 하오 씨 속이 시원하겠어?"

"담그면? 그러면 내 친구가 살아 돌아오니? 차라리 네가 결혼해서 아도 낳고 잘 사는 거이, 그거이 친구가 진정으로 바라는 거 아니겠니?"

유미연은 고개를 가로저었다.

"그렇게 살면? 내 인생이 달라져? 나도 아직 밤에 잠을 제대로 못 자. 오빠가 사 준 오피스텔은 말이야 팔지도 못하고 아직도 방치되어 있어. 왜냐고? 거기 들어가면 숨이 막혀 돌아 버릴 것 같거든. 이렇게 사는 게 인생은 아니잖아? 안 그래?"

"크윽!"

장춘길은 괴로움에 입술을 짓깨물었다.

유미연은 장춘길의 어깨에 슬그머니 손을 올렸다.

"하오 씨! 내가 오빠의 복수를 할게. 오빠의 방식으로 철저하게 말이야!"

"…어휴!"

"도와줄 거지?"

장춘길은 복잡한 심경임에도 기어이 볶음밥을 다 만들어 냈다.

"…이거 먹으라. 내가 한번 알아볼 테니."

"고마워!"

"대신 한 가지만 약속하라. 네 신변에 위험이 생기면, 지체 없이 발을 빼야 한다. 알겠니?"

"당연하지!"

§ § §

한강일보 편집회의가 열렸다.

쾅!

뭔가 대단히 화가 난 듯한 한강일보의 사장 송윤철의 눈빛이 부장들을 향한다.

"아, 그래, 다 같이 손잡고 한강에 빠져 죽자는 거지? 그치?"

"…이대로 두면 다른 회사로 원고를 넘길 것 같은 기세였기에 일단 보류해 둔 겁니다."

유미연은 얼마 전부터 가구회사 뒷거래 얘기를 하고 다니더니 기어이 기사를 써서 편집회의에 올렸다.

사회부는 이 기사를 내지 않겠다고 강경하게 나갔으나 유미연은 절대 불가하다고 맞섰다.

한마디로 말이 통하지 않는 것이었다.

"지금 소문 듣고 광고 끊겠다는 회사들이 줄을 섰어. 이거 어떻게 할 거야? 어?!"

"죄송합니다! 잘 타일러서 스스로 기사 폐기하도록 하겠습니다."

"요즘 광고주 하나 잡기가 얼마나 힘든지 알아, 몰라!"

"…잘 알고 있습니다."

"쌍! 그런데 일을 이따위로 해?! 폐기까지 가기 전에 알아서 처리했었어야지!"

"시정하겠습니다!"

"사흘이야. 그 안에 해결 봐. 알겠어?"

송윤철은 부장들에게 고래고래 소리를 지르곤 자리에서 일어섰다.

한데 바로 그때 회의실 문이 벌컥 열렸다.

"대표님!"

"…이게 미쳤나? 지금 회의 중인 거 안 보여?"

"그… 이게 너무 급박한 사안이라서 말입니다!"

"급박?"

"우리 회사 주식 3천억이 매수되었고, 천억대 광고가 들어왔다고 합니다!"

순간, 송윤철을 비롯한 부장들 모두가 눈을 휘둥그렇게 떴다.

"그게 말이 되나?! 갑자기 어떻게 3천억대 매수가 진행된단 말이야? 네가 뭐 잘못 알고 있는 거 아니야?"

"아닙니다! 지금 잘못하면 우리 회사 경영권마저 흔들리게 생겼습니다!"

한강일보는 HK그룹의 자회사이며 그 주식은 비상장 형

식으로 나뉘어 있다. 마음대로 매입을 하고 어쩌고 할 수 있는 것이 아니라는 뜻이다.

"뭔가 잘못 알고 있군! 다시 파악해 와."

"아니요, 그게 아닙니다. 신문사가 아니라 HK그룹의 지주회사에 대한 공격적인 매수가 있었다는 겁니다!"

"…뭐?!"

HK그룹의 지주회사인 한강홀딩스는 HK그룹의 미디어 사업을 총괄하는 컨트롤 타워이다. 그곳이라면 전환사채를 돌린 전적이 있기 때문에 공격적인 매수가 가능했을 것이고, 주식전환까지 이뤄졌을 것이었다.

"3천억이면… 2대 주주 자리까지 꿰찰 수 있는 위치일 텐데?"

"만약 이사회에 참석해서 우리 한강일보를 흔드는 날에는 바로 끝입니다!"

"와… 젠장, 이건 또 무슨 일이야?!"

그야말로 백척간두에 서 있는 기분이다.

바로 그때, 한강일보를 통째로 뒤흔들 소식이 당도했다.

"대표님!"

"…젠장, 이번엔 또 뭐야?"

"모회사에서 연락이 왔습니다. 유미연 기자의 기사, 보도하랍니다."

"뭐?!"

§ § §

“와… 이게 진짜로 되네?”

–안 될 건 또 뭐냐? 내가 한다는데!

한결이 아메리카 뱅크에서 보았던 차상식의 유동자산은 무려 3,500억이었다. 그것도 그가 가진 현금자산의 일부였다는 것을 생각하면 실로 놀라운 일이 아닐 수 없었다.

“아무튼 간에 이제 모회사에 압박까지 했으니까 유미연이 잘릴 일은 없겠네요?”

–잘려? 유미연이 잘리는 순간, 바로 경영진 교체부터 할 거야. 내가 최대주주가 될 거거든!

“아니, 그런데 저 사람들이 전환사채 돌린 건 어떻게 알았어요?”

–너, HKTV 알지? 그 HKTV가 HK그룹 자회사인 건 알아?

“그렇긴 하죠.”

–이 HKTV가 처음 출범했을 때만 하더라도 HK그룹은 이제 막 쓰러지기 일보 직전이었거든? 그런데 HKTV가 빵 뜨면서 관심이 집중되기 시작한 거야. 한참 종편이네 뭐네 말이 많은 시기였었거든.

“어어…… 기억나는 것 같기도 해요. 종편방송이 뭐 미디어업계를 말아먹네 어쩌네 하던 시절이 있었잖아요?”

기억을 더듬어 당시를 회상하니 얼핏 생각이 나는 것도 같았다.

한결이 떠올린 기억에 차상식이 살을 보태 주었다.

—방통위가 그것 때문에 고심을 많이 했었는데, 결국 법안은 통과가 되었지. 그래서 HKTV도 한창 주가를 끌어올린다고 여기저기 투자를 했었어. 그때 한강홀딩스가 있는 돈 없는 돈 다 끌어 모은다고 전환사채를 발행했거든.

"이야… 역시 짬밥은 진짜 무시를 못 하겠네요!"

—아무튼, 그렇게 해서 발행된 것을 우리가 긁어모았으니 아마 HK그룹도 똥줄이 많이 탈 거다!

차상식의 한 방은 짜임새와 구조가 너무 좋았다.

그 전략과 운용을 보고 있자면 그저 감탄만 나올 뿐이었다.

"아무튼, 뭐 그건 그렇고, 이제 어쩔 생각이에요?"

—어쩌긴, 공정위랑 엮인 정치인들 정보를 싹 털어 내서 대세를 바꿔 버려야지!

"오호!"

—그나저나 네 전략은 뭐였냐? 우방을 만드는 일 말이야.

차상식은 한결에게 가르침을 주었고, 한결은 나름대로 방책을 머릿속에 그리고 있었다.

이제는 그 그림을 현실로 꺼내 놓을 차례이다.

"그림이 이렇게 잘 그려졌으니 미국이라는 나라를 툭툭

건드려 봐야겠죠."

–미국?

"우리가 탈중국, 탈유럽 자본을 미국으로 끌어가는 데 조금 더 적극적인 투자를 이끌어 낸다면 미국이 우리의 우군이 되어 주지 않을까요?"

–집 나간 자본을 다시 미국이 회수할 수 있도록 한다?

"그런 셈이죠. 지금은 법인세 감면이라는 엄청난 떡밥이 던져졌잖아요. 지금이라면 얼마든지 자금회수가 가능할 것 같지 않아요?"

–오호! 나쁘지 않은 짜임새인데? 짜식이 이젠 제법 실력도 발휘하고 그러네?

"서당 개 3년이면 풍월을 읊는다는데, 나는 인간이잖아요. 아무렴 개보단 낫겠죠."

–킄킄킄! 뭐, 그것도 때에 따라서 다르겠지만?

"에이, 진짜!"

전략이 완성되었다.

이제 이것을 짜임새 있게 풀어 나가기만 하면 되는 것이다.

–이제 슬슬 그 아가씨랑도 만나서 관계를 진전시킬 필요가 있겠다. 그치?

"누구요? 앵커 말이에요?"

–그래! 우리는 앞으로 뉴스를 많이 필요로 하게 될 거야. 그렇지 않아?

제6장

뜻밖의 스캔들

안채희와의 만남은 종로에서 이뤄졌다.

"아이고, 우리 앵커님 오셨네?!"

"안녕하세요? 잘 지내셨죠?"

"오늘은 혼자가 아니라 둘이네?"

"네! 일행이 생겼네요."

안채희가 이곳에 자주 온 티가 난다.

한결은 안채희가 유명인사 치고는 생각보다 자유롭게 다니는 것 같다고 생각했다.

잠시 후, 맛깔스레 양념이 된 가오리무침이 나왔다.

"이걸로 소주 한 병 마시고 시작하는 사람들이 많아요. 진짜 맛집이랄까요?"

"식도락에 관심이 많으신가 보군요."

"에이, 사람이 어떻게 먹는 것에 관심이 없을 수 있어요? 열심히 일하는 것도 결국에는 다 먹고살자고 하는 짓인데."

한결은 고개를 끄덕이며 동의했다. 자신이 건강관리를 위해 음식을 가려먹는 것도 잘살자고 그러는 것이니 말이다.

"뭐, 생각해 보니 그렇긴 하네요."

"그쵸?! 짧은 인생, 먹고 싶은 건 먹어야 한다고 봐요."

그녀의 인생관을 들은 차상식은 자동으로 고개를 끄덕였다.

살아생전의 자신이 가지고 있었던 인생관과 아주 부합되는 얘기가 아니던가.

–저 아가씨가 뭘 좀 아네! 인마, 인생은 저렇게 살아야 하는 거라고. 너처럼 팍팍하게 사는 게 아니라! 알겠냐?

'인간은 저마다 다 다른 가치관을 가지고 있잖아요. 나는 조금 더 클린한 인생을 살고 싶을 뿐이라고요, 이 한량 아저씨야.'

스스로도 한량을 자처하는 차상식에게 깔끔한 인생이란 그다지 마음에 와닿는 말은 아니었다.

–진짜 인생 피곤하게 산다~

안채희가 한결에게 소주를 한 잔 따라 주었다.

쪼르르르….

"이번에 이 소주가격이 인상될 것이라는 얘기가 있어요.

알아요?"

"아니요, 처음 듣습니다. 주정 제조단가가 올랐다던가요?"

"주정을 발효하는 곡물의 가격이 높아졌다는 게 주류회사들의 얘기이지만, 사실은 국세청에서 압력이 있었다는 소문도 있어요."

"…국세청?"

"왜, 주정의 생산과 관리는 국세청에서 하잖아요? 그 권한이 과거에 비해 많이 완화되었다곤 해도 여전히 주류회사는 국세청 손아귀에 있다고 봐야겠죠."

안채희의 이야기에 차상식은 잠시 생각에 잠겼다.

주류라는 것이 회사가 찍어 내고 싶다고 해서 마음대로 찍어 낼 수 있는 것이 아니다. 국가의 관리 감독하에 만들어지고 유통되기 때문인데, 차상식이 보기엔 안채희의 말에 어느 정도 신빙성이 있는 것 같았다.

다만, 몇 가지 구멍이 있는 것은 어쩔 수 없었다.

–반은 맞고 반은 틀린 얘기네. 주정을 취급하는 데 있어 국세청의 관리 감독이 적용되는 건 맞는데, 그것도 회사의 전략에 따라 달라질 수 있다는 것을 간과했나 봐.

'그럼 국세청 외압 때문에 가격상승이 이뤄진 건 아니라는 소리네요?'

–아마도 국세청은 외압을 행사한 것이 아니라 대기업과의 소통을 통해 아주 자연스럽게 가격상승을 용인해 준 것

이겠지.

'아하! 굳이 따진다면 공범 정도 되는 건가요?'

—뭐, 그렇게 볼 수도 있고. 아니면 단순히 심부름이나 좀 해 준 것일지도 모르겠고.

단번에 잔을 비운 한결이 술병을 들어 잔을 채웠다.

쪼르르르….

아까보다 약간 더 많은 양이 잔에 담겼다.

"그나저나 주정 얘기가 나오다니, 보도국에서 대서특필하게 될 보도가 국세청인가요?"

"아니요, 이건 그저 작은 에피소드에 불과하고요. 제대로 대서특필하려는 것은 정치인들의 비자금이라는 거예요."

"아! 그러니까, 국세청이 주류가격을 올리는 데 일조한 것조차도 정치인들의 비자금 조성 방책이었다는 소리잖아요?"

"맞아요, 우리가 생각하기엔 그런 것 같아요."

앵커가 아무리 특종을 보도하려고 해도 윗선에서 그것을 차단하면 답이 없다. 지난번 한강일보의 행동처럼 말이다.

만약 그렇다면 HKTV는 뭔가 대단한 작심을 했다는 뜻이 되는 것일까?

'우리가 모회사 지분을 인수한 뒤에 갑자기 용감하게 나오네요. 2대 주주가 든든한 아군이 될 것이라고 생각한 것일까요?'

—흠! 어쩐지 단단히 작심했다는 것이 느껴지긴 하는군.

하지만 그렇다고 해서 저것이 좋은 의도인지 아닌지는 섣불리 판단할 수는 없어.

'섣불리 판단할 수 없다?'

-HKTV는 모회사가 목숨을 걸고 만든 자회사야. 저들이 갖고 있는 모회사에 대한 충성도가 상당히 높을 텐데, 과연 그런 HKTV가 정치인들을 무작정 까려고 할까?

'확실히 숨은 의도가 있겠네요.'

-정치라는 건 말이다. 당장 눈앞의 현상보다는 그 배후에 깔려 있는 진위 여부를 먼저 파악해야 하는 거야.

'진위 여부라……. 보통 정치세력이 뭔가를 도모할 때에는 여론을 몰아가기 위함이잖아요. 그래야 자기들의 권력이 더 커질 것이고, 들어오는 돈도 많아질 테니까요.'

한결은 지금까지 정치인들이 그리는 극단적은 대립구도를 많이 지켜봐 왔었다.

만약 그렇다면 이 역시 그런 대립구도를 그리기 위한 포석이 아닐까?

"뭔가 따로 원하는 것들이 있는 모양이로군요."

아직 결론을 논하기엔 이르지만, 대전제는 만들어 낼 수 있다.

이것은 그들의 욕망을 폭발시키려는 포석 중 하나일 테니, 그것을 바닥에 깔고 갈 수도 있을 것이었다.

안채희는 한결의 그런 생각에 힘을 실어 주었다.

"맞아요, 원하는 것이 있겠죠. 아직은 그게 뭔지는 잘 모르겠는데, 이것은 결말로 가기 위한 작은 디딤돌에 불과하다는 것이겠죠."

"흠!"

"아무튼, 정치권이 요즘 기민하게 움직이고 있다는 얘기를 해 주고 싶었어요."

대화의 물꼬가 아주 자연스럽게 터졌다.

이제부턴 굳이 강조하지 않아도 대화의 포커스가 정치인들에게 맞춰질 것이었다.

–마치 인터뷰를 하는 것 같지 않냐? 자연스럽게 포커싱이 되고 거기에 대한 의견을 끌어낼 수 있게 되었잖아.

'생각해 보니 정말 그러네요?'

–짧은 한마디에 판을 몰고 갈 수 있는 능력, 그게 바로 언론인의 덕목이겠지.

차상식의 말에 따르자면 안채희는 타고난 진행자 스타일인 것이다.

"뭐 아무튼, 그래서 기민하게 움직이는 정치권들의 행보를 계속 예의주시하고 있는데 말이죠. 한 가지 도저히 맞춰지지 않는 퍼즐이 있어요."

"그게 뭡니까?"

안채희가 낸 퀴즈에 즉각 반응했지만, 답을 내놓지는 않았다.

지금부터는 정보의 핑퐁에서 스스로가 얻을 수 있는 것들에 대해 깊이 생각하고 움직여야 했기 때문이다.

한결의 그런 의도를 알든 모르든, 안채희가 퍼즐에 대해 논했다.

“다 좋은데, 이렇게 대놓고 비자금을 모으는 이유를 모르겠어요.”

“정치인이 비자금 모으는 이유야 선거 때문 아닌가요?”

“지금은 선거철도 아니고, 굳이 잘못하면 욕먹을 게 뻔한 짓을 할 리도 없어요. 정치인들도 바보는 아니니까요.”

“하긴 멍청한 양반들이었다면 그 높은 곳까지 오르진 못했겠죠. 물론 그렇다고 전부 머리가 좋다는 건 아니겠지만요.”

지금까지 차상식의 가르침에 따르자면, 정치의 행보에는 모두 그만한 이유가 있었다.

아무리 머저리 같이 행동하는 정치인이 있다고 하더라도 그것은 모두 철저하게 계산된 움직이라는 뜻이었다.

“하다못해 식사메뉴 하나를 골라도 뭔가 의도를 갖고 움직이는 게 정치인이잖아요? 그래서 숨 쉬는 것조차 의심해 봐야 하는 게 정치인인 거고요.”

“그렇다면 뻔한 짓을 하는 것도 어쩌면 역설적으로 뻔한 이유일 수도 있다는 뜻이네요?”

“그 뻔한 이유로 시선을 집중시키는 것도 그들의 의도일 수도 있고요.”

"음!"

마치 찬물을 뒤집어쓴 사람처럼 경직되어 순식간에 표정을 잃어버린 얼굴.

안채희의 동공은 약간 풀린 것처럼 보였고, 뭔가에 홀린 듯이 술잔을 넘겼다.

-진짜로 고민이 많은 모양인데?

확실히 뭔가 나름대로 심각한 상황에 놓여 있는 것이 확실해 보였다.

굳이 그런 그녀의 심각한 상황에 왈가왈부하는 것보다는 천천히 생각이 끝나기를 기다려 주기로 했다.

쪼르르르….

술잔이 가득 채워질 때쯤, 안채희의 입이 열렸다.

"…그 이유가 뭐든 간에 일단 정치인들은 뒤가 구린 건 확실하네요. 그쵸?"

"그럼요, 과거에도 그랬듯이 말이에요."

동양권 신화는 관직과 직책이 있는 관료제였다. 심지어 그 신들이 뇌물을 받아먹고 문제를 일으켜 파면되는 이야기가 전해져 내려온다.

신화시대부터 썩은 채로 굴러가는 바닥이었다는 의미이다.

한결은 안채희가 정치권에 유난히도 관심이 많다는 생각이 들었다.

"정치인들을 별로 안 좋아하시나 봐요?"

"좋고 싫고의 문제가 아니에요. 언론인으로서 갖춰야 할 소용의 문제죠. 사회적으로 문제가 되는 일이 있다면 국민들에게 알려야 한다는 사명감 말이에요."

한없이 명랑하기만 할 줄 알았던 그녀에게는 생각보다 반전이 있었다.

–멋있는데?

'친해지길 잘했네요.'

§ § §

눈부신 햇살과 함께 눈을 뜬 한결은 습관적으로 TV를 틀었다.

[…다음 소식입니다. 최근 BIS비율과 관련해 공정위 금융권과 재계를 뒤흔들고 다녔다는 사실을 기억하실 겁니다. 이에 대해 정치권의 정경유착에 대한 폭로가 있었는데요, 여야의 모든 의원들이 이에 대해 반박하고 나섰습니다. 과연 정경유착은 어떤 식으로 이뤄졌고, 또 반박의 근거는 무엇인지 자세히 살펴보겠습니다…]

아침부터 공정위와 정치권의 정경유착에 대한 보도가 뉴스에 대서특필되었다.

"그림 좋은데요?"

-역시! 돈이 좋기는 좋아. 그렇지 않냐?

"그나저나 유미연은 팔다리가 다 뜯긴 상태에서 어떻게 저런 정보들을 모을 생각을 다 했대요?"

-그만큼 깡다구가 좋은 거겠지. 좋은 정보원도 있을 거고.

"외압에 굴하지 않는 정보원이 있었다?"

한결은 유미연이 궁지에 몰렸던 사실을 잘 알고 있었다. 그렇기에 차상식이 직접 나서서 회사를 인수한 것이기도 했다.

그렇다고 해도 차상식이 회사를 인수하기 전까지는 고립무원의 상황에 몰렸을 것인데, 그런 역경을 뚫고 여기까지 사건을 끌고 온 것이다.

한결은 새삼 유미연이 존경스러워졌다.

-생각보다는 사람이 괜찮은 모양이야. 사명감도 투철한 것 같고.

"그나저나 유미연은 왜 저렇게까지 진실에 집착하는 걸까요?"

-그야 나도 모르지. 다만, 보통 우리가 생각하는 그런 이유는 아닐 거야. 뭔가 비하인드 스토리가 분명히 있겠지.

"뭐, 그렇기는 할 텐데……."

-아무튼 간에 판은 벌어졌어. 이제 정치권이 너를 엄청

나게 쪼아 댈 텐데, 몸빵할 준비는 됐냐?

"언제는 뭐 준비하고 맞았나요?"

-큭큭, 뭐 그건 그래!

이제 아침을 먹고 집을 나서려는데 전화가 왔다.

지이이잉!

주머니에서 스마트폰을 꺼내 확인하니 서창준이었다.

"네, 접니다."

-대표님, 지금 댁에 계십니까?

"그런데요? 무슨 일이신지?"

-오늘은 걸어오지 마시고 차 타고 오십시오. 제가 지금 모시러 갈 테니까 댁에서 조금만 기다려 주시겠습니까?

"무슨 일인데 그래요?"

-지금 회사 앞에 기자들이 쫙 깔렸습니다.

"…네?!"

§ § §

[HKTV 간판앵커 안채희, AS컴퍼니 대표이사 신한결 씨와 열애 중!]

[한밤의 밀회, 아니 대놓고 연애? 간판앵커와 사업가의 분홍빛…]

"아놔, 겨우 밥 한번 먹은 거 가지고 열애라니."

"지금 HKTV에서도 난리입니다. 안채희 아나운서 측에서도 별다른 입장발표가 없어서 이대로라면 반쯤은 열애설을 인정하게 되는 꼴입니다."

"흠!"

사람이 살다 보면 사람들 입방아에 오르게 되는 날도 있고 체면을 버려야 할 때도 있는 법이다.

하지만 이번에는 경우가 많이 달랐다.

"정치권에서 초점을 열애설로 맞추고 있습니다."

"…열애설에 초점을 맞추다니? 언제부터 정치권이 남의 연애사까지 간섭했습니까?"

"이번 폭로가 HK그룹에서 나왔다는 것에 대해 대표님이 미남계를 쓴 게 아니냐는……."

"네?!"

—크하하하하! 나 참, 살다 보니 별일이 다 있네. 하긴 저 곰탱이가 취향에 따라 한 인기 하긴 하지.

정말이지 뜻밖의 일이었다.

열애설까진 어떻게 이해하겠는데, 그걸 언론과의 유착으로 몰고 간다는 것은 그야말로 터무니없는 일이었다.

"일단 반박기사부터 냅시다. 안채희 씨와는 정말 아무 관계도 아닙니다."

"벌써 비서실 쪽에서 부정은 했습니다만, 그걸 주변에서 믿어 줄지 의문입니다. 정치권에서 하도 언론 플레이를 해대는 바람에 말이죠."

정치권은 폭넓은 우호세력 집단을 가졌다. 손 한 번만 뻗으면 사람 하나 매장시키는 것은 일도 아니었다.

만약 정말로 한결이 안채희와 손이라도 잡았다면 그날로 약혼기사가 날 뻔했다.

"게다가 얼마 전 HK그룹 모회사 지분이 대량 매입된 것에 대해서도 의혹이 많습니다. 정치권은 그것마저도 대표님이 의도한 일이 아니냐며 나오고 있고요."

"하필이면 HK그룹 모회사 지분이 왕창 인수되었을 때 이런 일이……."

타이밍이 별로 안 좋았다.

–거참, 인생 복잡하게 산다! 아니면 아니다, 맞으면 맞다, 시원하게 까놓고 얘기하면 되잖아~

'그걸 누가 몰라요? 지금 금배지들이 대놓고 정치질을 하고 있다잖아요.'

–쯧! 이놈아, 이게 지금 역공의 기회라는 걸 왜 모르냐?

'역공?'

–내가 항상 얘기했지. 리스크도 뭐다?

'…투자의 일부분이다!'

–그래, 짜식아! 리스크도 투자의 일부분이고, 악재도 언플의 자양분이다, 이거야!

'아!'

생각해 보면 지금 이 상황은 정치인들이 스스로 무덤을 파고 있는 것인지도 몰랐다.

지금까지는 단순히 한결이 뛰어난 사업가, 혹은 사모펀드의 떠오르는 신성 정도로 여겨졌다면, 앵커와의 열애설은 그의 이미지를 한 방에 뒤집을 수 있는 일이다.

사고(思考)가 거기에 이르자 한결은 어떻게 행동해야 할지 딱 감이 왔다.

§ § §

그날 정오.

한결은 HKTV 사옥으로 향했다.

부아아아아앙!

사모펀드의 신성, 그것을 상징하는 심벌과도 같은 베놈 GT가 시가지를 질주한다.

—네가 HKTV로 들어가는 순간, 사람들이 아주 열광하겠는데?

"한동안은 가십거리가 되겠네요. 그렇죠?"

—큭큭! 안 씨 아가씨는 이제 시집 다 갔네. 네가 책임져야 하는 거 아니야?

"에이, 결혼은 무슨! 아직 가족관계가 어떻게 되는지도 잘 모르는데!"

–어? 싫다는 소리는 안 하네? 뭐야, 설마하니 그 아가씨한테 관심 있는 거야?

"아니거든요!"

차상식은 운전대를 잡은 한결의 어깨에 손을 척 걸쳤다.

–새끼, 너도 결국엔 남자인 거지. 선녀 같은 외모에 털털한 성격에, 학력도 그 정도면 고스펙이고! 욕심이 나는 거지. 그치?!

"거참, 별소리를 다 하네. 그런 흑심은 아저씨 같은 호색한들이나 품는 거지, 내가 그런 사람으로 보여요?"

–응! 그렇게 보이는데?

"에이, 진짜!"

–큭큭큭!

물론 농담으로 던진 말들이었지만 앞으로 안채희의 이미지가 정말로 걱정 되었다.

어쩌면 한결은 앞으로 그녀에 대한 부채감을 안고 살아가야 할지도 모른다.

"만남은 좀 뒤로 미룰 걸 그랬나?"

–만나자고 한 건 그쪽이잖냐. 네가 아무리 발버둥 쳤어도 결국엔 터질 스캔들이었어.

"그런가?"

–여자가 당기는 줄에 안 넘어가는 남자 못 봤다~

한결은 약간은 심란한 마음으로 HKTV 사옥 안으로 들어갔다.

게이트에서는 한결의 차를 보자마자 문을 열어 주었다.

“지하 3층으로 내려가십시오.”

“…고맙습니다.”

–크크! 뭐야, 앵커 남친이라 특별대우해 준다, 이건가?

한결은 보안요원의 지시에 따라서 지하 3층으로 내려갔다.

3층은 주로 취재 차량들을 대놓는 곳인데, 차량의 주차 공간이 넓어서 스포츠카를 대놓기에도 딱 좋았다.

한결이 차에서 내리자마자 한 무리의 사람들이 걸어 나왔다.

“신한결 대표님!”

“누구?”

“HKTV의 보도국장 김선일입니다. 저쪽은 아나운서 실장이고요.”

회사에서 한자리 한다는 사람들은 죄다 튀어나왔다. 그만큼 이번 사건이 심상치 않다는 것을 보여 주는 단적인 예라 할 수 있다.

“지금 안 앵커는 회의실에 혼자 있습니다. 들어가서 같이 얘기 좀 나누시죠.”

“흠! 뭐, 알겠습니다. 그럼 가시죠.”

보도국장에 아나운서 실장까지 나왔으니, 기왕지사 이렇게 된 김에 판을 제대로 엎어 보자는 생각이 든다.

§ § §

귀에서 삐- 하는 옅은 이명이 들릴 정도로 고요한 정적이 흐르는 회의실.

벌써 10분째 서로 한마디도 하지 않은 회의실은 그야말로 침묵의 공간이 되어 버렸다.

그 정적을 깬 사람은 바로 김선일이었다.

"제가 생각을 해 봤는데 말입니다. 두 사람이 애인 사이가 아니라면 도대체 무슨 이유로 그렇게 대놓고 만나 술을 마신 겁니까?"

"아까도 분명히 말씀드렸습니다. 같은 아파트 주민이고, 만나서 이런저런 세상 돌아가는 이야기만 나눴다고요."

한결은 김선일에게 몇 번째 같은 말을 반복하고 있는 것인지 모른다.

하지만 그 누구도 한결의 말을 믿어 주지 않는다.

"굳이 열애설을 이렇게까지 크게 끌고 갈 필요 있습니까? 이쯤에서 열애 인정하시고 그냥 좋은 만남 이어 가시는 게……."

"…그건 아니라니까 그러시네. 안채희 씨, 한마디만 해 주세요.”

당사자인 안채희는 오히려 말이 없었다.

아까부터 정말 한마디도 하지 않은 채 그저 앉아서 돌아가는 상황을 지켜만 보고 있을 뿐이었다.

도대체 그녀는 어째서 아까부터 입을 닫고 있는 것일까?

안채희의 묵묵부답에 김선일은 대단한 추진력이라도 얻은 듯, 한결을 몰아붙이기 시작했다.

“자, 그럼 이제부터 툭 터놓고 얘기해 봅시다. 우리는 다 큰 성인이고, 무엇이 옳은 것인지 다들 잘 알고 있습니다. 그러니 더 이상 시간낭비 말고 빠른 길로 가자고요.”

“빠른 길보다는 바른길이 더 낫다고 생각합니다. 우리는 연인 사이도 아니고, 제가 원하는 것은 정의라니까요?”

“…당신이 아무리 정의를 부르짖어도 이 바닥은 그렇게 쉽게 뒤집을 수 있는 게 아닙니다.”

한결의 눈이 아까보다 더 가늘어졌다.

아무래도 김선일은 진실이 무엇인지 알고 있는 눈치였고, 애써 지금의 이 사태를 진정시키기 위해 노력하고 있었다.

–저 새끼가 X맨이었네!

‘이 세상에는 왜 이렇게 X맨이 많은 걸까요?’

–여태 겪어 보고도 모르겠냐? 이 세상에는 평범한 인간이 별로 없어. 그나마 X맨이면 다행이지. 영웅보다 빌런이

더 많잖냐. 안 그래?

'심지어 보도국장까지 그놈들 편이었다니!'

애초에 정치인들이 방송가와 연줄이 닿아 있었다는 것쯤은 한결도 잘 알고 있었다.

하지만 이렇게까지 놈들의 허수아비 노릇을 자처하는 사람들이라는 것까진 알지 못했었다.

말이 안 통할 것 같다는 생각이 들자 한결은 자리에서 일어섰다.

"됐습니다. 뭐, 얘기 더 나눠 봤자 헛수고라는 생각이 드는군요."

"아무튼, 그럼 두 사람은 열애를 인정하는 것으로 알겠습니다."

"그건 안 된다고 이미 말씀을 드린 것 같은데요?"

"그럼 어쩌자는 겁니까? 처음부터 다시 시작할까요?"

지이이잉!

어디선가 진동소리가 들려왔다.

혹시나 하는 마음에 모두들 스마트폰을 꺼내 들었다.

"아이고, 녹화기능 시간이 다 됐나 보네. 에이, 이럴 줄 알았으면 SD카드를 조금 더 큰 걸로 사 놓는 건데!"

"…안채희! 너 지금 뭐 하는 거야?"

"천하의 보도국장께서 우리의 열애를 인정하라 마라, 말을 많이 하셔서 스스로 증거 좀 남기려는 건데요?"

"뭐?!"

안채희가 지금까지 잠자코 있었던 것은 다 이런 그림을 만들기 위함이었다.

그 사실을 뒤늦게 눈치 챈 김선일의 이마에 송골송골 땀방울이 맺혔다.

"그… 우리 일단 말로 할까?"

"말로 해서 뭐 바뀌는 게 있겠어요?"

"우선 스마트폰부터 이리 줘. 자네 지금 무단으로 내 얼굴 촬영했어. 이거 사생활침해야!"

"알아요, 사생활침해. 하지만 열애설을 조작하려던 국장님의 죄보다 더할까요?"

"……뭐?"

"증거는 이뿐만이 아니에요. 아나운서 실장님, 김 국장님이랑 내연관계 맞으시죠?"

가만히 있던 아나운서 실장 장한선은 깜짝 놀라 동공이 보름달만 해졌다.

마치 온몸에 털이란 털은 다 곤두선 것 같은 표정의 장한선은 고개를 가로저었다.

"아, 아니야! 그런 거 절대 아니야!"

"내가 마음만 먹으면 판도라의 상자를 여는 것쯤이야 얼마든지 가능해요!"

"…이봐요, 국장님! 좀 말려 봐요!"

김선일은 이를 꽉 악물었다.

더 이상 말이 통하지 않으리라 생각하고 있는 것이 분명했다.

하지만 그렇다고 해도 이대로 가만히 있을 수는 없다.

"원하는 게 뭐야?"

"말 잘하셨네요. 내가 원하는 거요? 진실을 보도하는 것!"

"진실을 위해서라면 네 혼삿길 막혀도 상관없다는 거야?"

"결혼이야 못 해도 그만이죠! 하지만 언론인으로서의 책임감은? 그건 어떻게 해서든 지켜야 하는 것 아닌가요?"

한결은 지금까지 안채희의 침묵이 만들어 낸 이 장면을 보며 그저 감탄을 금치 못했다.

가짜 기자, 심지어 기레기라는 별명까지 붙은 언론계가 판을 치는 곳에서 안채희는 그야말로 한 줄기 빛과 같은 사람이었다.

'…엄청난 파워네요.'

—이야, 저러니 천하의 우리 모쏠이가 빽이 가지!

'적으로 만나지 않은 게 천만다행 아니에요?'

—넌 인마, 저런 여자를 만나야 해! 알겠냐?

정말 오늘만큼은 차상식의 말에 딱히 반박하지 않았다.

그렇다고 당장 연애를 시작하겠다는 것은 아니지만, 차

상식의 말이 맞는다는 것을 부정할 수는 없었다.

한결은 마음을 굳게 먹었다.

"이제 곧 정치권 비자금 파일이 내 손에 들어옵니다. 그것과 같이 정치인들의 이 놀음을 끝낼 수 있도록 방영할 기회를 주십시오."

"…지금 나더러 이 회사를 나가라는 겁니까?"

한결은 고개를 갸웃했다.

"당신이 회사를 왜 나갑니까?"

"정치인들이 엄청난 압박을 가할 텐데, 내가 국장 자리에 붙어 있을 수 있겠어요?"

결국엔 윗선이 문제인 것이었다.

한결은 씨익 미소를 지었다.

"만약 회사 윗선을 깔끔하게 정리해 주면, 당신이 총대 메고 대서특필해 주실래요?"

"…무슨 수로 회사 윗선을 정리합니까? 도대체 어떤 백을 써서?"

"2대 주주 백이면…… 아니, 최대주주 백이면 되겠습니까?"

§ § §

차상식은 일전에 한결에게 말했던 '마음만 먹는다면' 이라는 말을 정말로 지켜 냈다.

미국 사우스민스 뱅크의 계좌에서 출자된 자금이 AIB를 통해 공식적으로 HK그룹의 모회사인 한강홀딩스의 전환사채를 있는 대로 긁어낸 것이었다.

"…2천억이라. 아저씨는 도대체 생전에 돈을 얼마나 벌어 놓은 거예요?"

–대대손손 돈만 쓰다가 죽어도 다 못 쓸 정도로 벌었었지! 지금 이 돈이야 정말 새 발의 피야. 네가 내 명의를 물려받잖아? 이까짓 돈은 열 배, 백 배 손에 넣을 수 있어.

"와, 진짜 대단하긴 하네!"

–그나저나 전환사채 매수한 것으로는 결판이 안 날 텐데 말이야.

"흠……."

한강홀딩스의 현재 보유지분은 31%다. 얼마 전 차상식이 2천억을 추가로 불입해서 만든 28.9%보다 다소 큰 금액이었다.

이제는 돈이 있어도 주식매수가 어려운 상황이었다.

"주주들이 주식을 손에 꼭 쥐고 있을 텐데, 어떻게 보유주식을 늘리죠?"

–흠, 끽해야 3%도 안 되는 지분인데 말이야.

"주주명단에서 몇 명을 추려서 직접 찾아가야 하나?"

차상식은 한결의 말에 당장 고개를 저었다.

–그렇게 되면 네가 대놓고 HK그룹을 주무른다는 뜻이

되는 거야. 그건 곤란하지 않겠냐?

“이 새끼들이 상장이라도 했으면 좀 쉬울 텐데.”

한강홀딩스가 이곳저곳에서 투자를 받았던 것은 사실이나, 그렇다고 해서 코스닥에 상장을 한 것은 또 아니었다.

결국에는 누군가 손에 쥐고 있는 비상장 주식을 매수해야 한다는 건데, HK그룹 우호지분을 그리 쉽게 빼앗을 수 있을 리가 없다.

하지만 차상식은 이럴 때 쓸 수 있는 전략이 머릿속에 있다.

-자, 그럼 귀신버스 다음 정류장으로 한번 가 보자!

“뭔가 좋은 아이디어가 있으신가 봐요?”

-있지! 우회공격!

“우회공격이라……. 관련 회사를 쳐서 빼앗자는 거예요?”

-뭐, 비슷하긴 한데 그것보다는 조금 더 상위 클래스가 할 수 있는 돌려까기라고나 할까?

“음?”

-지금부터 튜토리얼 시작할 테니까 그대로 따라 하기만 하면 된다. 알겠냐?

“넵!”

차상식은 절대로 손해 보는 짓은 하지 않는 성격이다.

아마 한결의 이력에 뭔가 대단한 별 하나 달아 주려는 모양인데, 그것을 잘 따라가기만 한다면 충분히 좋은 결과가 나올 것이었다.

"그럼 뭐부터 하면 되는 거예요?"

—일단은 돈부터 끌어 와야지.

"2천억에서 얼마를 더 쓰겠다는 말씀이세요?"

—글쎄다. 한 3~4천억?

"와! 돈이 무슨 화수분인가? 아무튼, 그 돈을 어디서 끌어 올 건데요?"

—어디긴! 한국인들이 좋아하는 곳이지!

§ § §

제임스 스와든은 투자귀신에게서 뜻밖의 지시를 받았다.

[투자귀신 : 스위스 더 베른 뱅크에서 3억 유로를 출금해서 한국으로 가지고 오는 겁니다]

"3억 유로라…. 한화로 따지면 4천억이 훨씬 넘는다는 뜻인데?"

원 · 유로의 환율은 무려 1,400원을 넘었다. 이런 식이라면 4,300억이 한국으로 들어온다는 뜻이다.

도대체 이 돈으로 뭘 어쩌려는 것인지, 제임스 스와든은 그의 의도를 전혀 이해할 수가 없었다.

하지만 그 의도가 어떻든 간에 일단 의뢰가 들어왔으면 움직여야 하는 것이 IB뱅커의 사명인 것이다.

제임스 스와든은 투자귀신의 말처럼 스위스의 명문 은행가인 더 베른 가문에 연락해서 3억 유로를 출금하겠다고 말했다.

-처분까지 일주일 정도 걸립니다.

더 베른 가문에서 보낸 답이었다.

아무리 덩어리가 크다고 해도 일주일은 너무 길지 않나 싶다.

"흠! 100% 현금자산이 아닌가?"

유동자산이라고 해도 전액 현금처럼 바로 쓸 수 있는 것이 아니다. 채권이라든지 각종 예금증서 등, 현금과 같은 취급을 받으나 일련의 과정을 거쳐야 쓸 수 있는 유동자산은 얼마든지 있었다.

일주일을 기약했으니 그동안 평범하게 IB업무나 진행하면 될 일이다.

며칠 후.

제임스 스와든은 한국계 기업들의 투자금 모집 자문을 받았다.

"우리 회사가 요즘 자금사정이 많이 어렵거든요. 어떻게 단돈 몇백억이라도 투자를 받을 수 없을까요?"

"음, 일단 재무제표부터 좀 볼까요?"

인수합병을 담당하는 제임스는 최근 투자금 유입을 통해 회사의 경영권에 개입하는 바이아웃에도 손을 대고 있었다.

투자귀신이 바이아웃으로 워낙에 큰돈을 굴리다 보니 자연스레 담당영역이 확장된 것이었다.

재무제표를 살펴보던 제임스 스와든은 내심 고개를 저었다.

'다산인터내셔널……. 캐시 카우는 수출입이고, 최근에는 부동산으로 손을 뻗었다가 패가망신했군.'

과거 80년대 일본에서 벌어졌던 부동산 버블이 만들어낸 악몽이 대한민국을 덮쳐 오고 있었다. 장기불황에 저성장, 거기에 부동산 거품이 아직 꺼지지도 않았기에 한국은 이제 곧 기업들의 무덤이 될 것이었다.

그런 무덤 속에서 과연 제임스는 제대로 된 투자를 받아낼 수 있을지 의문이었다.

"일단… 이대로는 투자금 유입이 좀 어려울 것 같습니다."

"그럼 어쩝니까? 이대로 우리 식구들 전부 거리에 나앉을 수는 없잖습니까?"

"사원 구조조정은 어느 정도 이뤄졌는지요?"

"…이 작은 회사에 무슨 구조조정입니까? 안 그래도 콧

구멍만 한 회사에서 사람까지 줄이면 도대체 업무는 어떻게 진행하라고요."

제임스는 씁쓸한 마음으로 재무제표를 덮었다.

아마도 은행에서 끌어 온 여신금리가 더 이상 오르는 것을 경계한 나머지 회사의 규모를 유지하는 데 전력을 다하고 있는 모양이었다.

만약 그렇다면 더 이상 볼 것도 없었다.

"경영권 매각을 생각하신다면 매칭을 해 드릴 수는 있습니다."

"고작 경영권 매각하려고 여기까지 찾아온 줄 아십니까? 됐습니다! 내가 알아서 하는 게 더 빠르겠네!"

사람들이 착각하는 것이 하나 있다.

IB를 찾으면 어떻게든 투자금을 받아 낼 수 있고, 죽어가는 기업도 살려 낼 수 있다고 말이다.

하지만 숨이 다 끊어진 채 찾아온 기업을 되살릴 수 있는 뱅커는 그 어디에도 없다.

'운명하겠군.'

이로써 부실채권이 하나 더 늘어나게 생겼다.

그로부터 며칠 뒤.

제임스 스와든은 스위스에서 현금 지급이 완료되었다는 소식을 들었다.

[현금화 결과]

[회사채 : 5,000만 유로]

[국채 : 250만 유로]

…

[IB 알프스 힐 뱅커 주주배당 : 1억 2,000만 유로(미정산분 총합)]

"…이게 뭔 소리야? 알프스 힐 뱅커 투자은행의 주주배당금이 1억이 넘어?!"

원화도 아니고 유로였다. 주주배당으로 1억 유로가 넘는 돈을 받아 낼 수 있다는 것은 어지간한 지분보유로는 불가능한 일이다.

알프스 힐 뱅커는 유서 깊은 200년 전통의 투자은행이다. 도대체 그런 은행에서 어떻게 이 많은 지분을 보유할 수 있었단 말일까?

어쨌거나 제임스 스와든은 이 돈을 투자귀신의 계좌로 입금해 주었다.

수수료를 징수하고 금융업무를 끝내자 절로 의자에서 축 늘어졌다.

"도대체 뭐지?"

아무리 생각해 봐도 답이 나오지 않는다.

투자귀신은 유럽에서 온 자산가란 말인가?

지이이잉!

축 늘어져 있던 제임스 스와든의 스마트폰이 울렸다.

“네, AIB 제임스….”

–이봐, 스와든! 나야, 본부장!

“요시하라 본부장님?”

제임스 스와든의 상사 인수합병 본부장 요시하라 사토루였다.

톤이 평소보다 높았다. 수화기 너머로 뭔가 거친 콧바람 같은 것도 새어 나오는 것 같은 느낌이었다.

그가 잔뜩 흥분하여 숨을 토해 내듯 말했다.

–스위스 더 베른과 힐 뱅커라니! 도대체 스위스에서 무슨 생각으로 그런 어마어마한 자금을 출자한 거야? 자네, 지금 무슨 짓을 저질렀는지 알아?

“예?”

–주식시장이 아주 난리가 났어! 스위스에서 본격 투자를 시작했다고!

“어?!”

–알지? 그 사람들, 기업사냥이라면 아주 일가견이 있다는 거.

그제야 스와든은 깨달았다.

투자귀신이 끌어 온 것은 유로화가 아니라 두 명의 사냥꾼이라는 것을 말이다.

§ § §

차상식이 풀어놓은 메기가 그야말로 주식시장에 폭탄을 떨어뜨려 버렸다.

자금이 부족한 기업들이 스위스의 유로화를 투자받기 위해서 어떻게든 줄을 서고 있는 것이었다.

"투자를 받겠다고 번호표를 뽑은 사람들만 무려 150명입니다. 대표님, 굳이 매칭도 하지 않으시고 이렇게 많은 돈을 가진 파트너와 손을 잡으신 이유가 궁금합니다만."

서창준 비서는 하루가 멀다고 찾아오는 사람들을 일일이 돌려보내느라 목이 쉴 지경이었다. 만나 주지 않겠다고 엄포를 놓아도 회사 앞에서 죽치고 있으니 돌아 버릴 지경이었다.

그런 서창준에게 한결은 딱 한 마디만 해 주었다.

"장사가 잘되어서 그래요. 조금만 참아 줘요."

"음! 우리 회사를 위한 일이라는 말씀이십니까?"

"내가 하는 모든 일은 우리 회사를 위한 일입니다. 그렇지 않은 일은 굳이 할 필요도 없고요."

서창준은 그 어떤 것보다 조직을 우선으로 하는 사람이다. 한결의 설명 이상의 말은 필요 없었다.

서창준은 더 이상 의문을 품지 않기로 했다.

"알겠습니다. 그럼 투자처가 결정되면 말씀해 주십시오."

“그렇게 하죠. 그나저나 내가 일전에 지시한 건 어떻게 되었죠?”

“윤곽을 잡았습니다. 이제 살만 붙이면 끝납니다.”

“그래요?”

마침 타이밍도 좋았다.

이대로 한강홀딩스를 먹고 정치인들 엿 좀 먹이면 될 듯하다.

–짜임새 좋지?

‘그나저나 아저씨는 도대체 스위스에서 뭘 하고 다녔으면 배당금이 수천억이 밀려 있어요?’

–뭐 하고 다니긴, 스위스 친구들이랑 손잡고 돈 벌러 다녔지.

‘발도 넓으셔. 하여간 파란만장하게 사셨네요!’

–그럼 뭐, 여기까지 공으로 왔겠냐? 때로는 위기에 몰리기도 하고 친구도 만들고, 뭐 그러면서 온 거지.

‘지금 내 상황은 위기도 아니었겠네요?’

–이거? 피크닉이지.

차상식은 이제 판을 깔아 놨으니 물고기가 잡히기만을 기다릴 뿐이다.

–통발에 뭐가 잡히는지 한번 보자고.

‘그나저나 통발에는 뭐가 잡혀야 하는 건데요?’

–뭐긴! 한강홀딩스의 관계회사지!

'아! 주주들의 지분을 이런 식으로 쭉 빨아 버리겠다?!'

-4천억은 미끼고, 실제로는 놈들이 가진 주식을 제법 비싸게 사 줌으로써 생색을 내려는 거야.

'그럼 실질적으로 투자는 안 하고요?'

한결의 질문에 차상식은 황당하다는 듯이 혀를 찼다.

-인마, 생각을 해 봐. 너 같으면 이런 시장에 투자를 하고 싶겠냐? 투자해 줘 봤자 어차피 은행 좋은 일만 시키다가 볼 장 다 볼 텐데?

'아! 뭐, 그건 그렇겠네요. 보통은 은행이자 갚는 데 거의 모든 돈이 들어갈 테니까?'

지금은 극단적인 시기였다. 그런 만큼 이 위기를 벗어나기 위해 힘을 써야 할 때이다.

하지만 대부분의 기업들은 근본적인 해결보다는 눈앞의 위기에서 벗어나기만을 바랄 뿐이라는 것이 문제였다.

-아마 외국인 투자자들이 주식시장에서 썰물처럼 빠져나가는 것도 그런 이유 때문이겠지. 중소기업이라고 외국인들 투자받지 말라는 법은 없어. 다만, 작전세력, 개미들 펌핑질에 놀아나느라 정신을 못 차린다는 것이 문제지.

'확실히…….'

-잘 봐, 인마! 도태된 기업들이 과연 어떻게 되는지 말이야.

제7장
도미노

[…유럽이 내민 구원의 손길]

스위스에서 건너온 투자자본에 대해 대한민국 기업계는 이렇게 평했다.

하지만 그것은 업계의 아주 큰 착각에 불과했다.

"…한 푼도 못 내주겠다고?"

"네! 큰일입니다. 괜히 스위스 자본에 기댔다가 그대로 패가망신하게 생겼으니 말입니다!"

"아, 젠장!"

한강홀딩스의 이사회 및 영화, 음악, 드라마를 제작하는 콘텐츠 제작 카르텔의 이사회 소속이기도 한 '다산인터내셔널'은 계속되는 적자행진과 부채상환 압박에 시달리고 있었다.

하지만 다산인터의 대표이사 장항철은 도무지 돌파구를 찾을 수가 없었다.

"지금 우리가 상환해야 할 자금이 얼마나 되지?"

"당장 매입부채와 은행이자 상환까지 합치면 대략 500억쯤 됩니다."

"젠장! 겨우 500억이 없어서 다산인터가 넘어간단 말이야?"

이대로라면 다산인터는 꼼짝없이 부도를 맞이하게 될 것이다.

장항철은 마지막 몸부림이라도 쳐 보기로 했다.

"그 스위스에서 왔다는 자본가와 접촉할 수 있는 방법은 없어? 이대로 중개에만 목매달 수는 없는 거잖아!"

"안 그래도 그쪽 채널이랑 줄을 좀 대 봤는데 말입니다."

"정말?!"

한동안 우거지상이던 장항철의 얼굴이 환하게 피었다.

그야말로 먹구름 속에서 한 줄기 빛이 내려오는 느낌이다.

"그쪽에서 뭐라고 그래?"

"AS컴퍼니 측에서 자금줄을 동원해 주고 있던 모양입니다."

"…AS컴퍼니? 거긴 그냥 돈놀이나 좀 하는 사모펀드 아니었나?"

"그렇기는 합니다만, 어쨌거나 이 사람들의 경영능력이라든지 컨설팅 능력이 엄청나게 좋잖습니까? 그걸 믿고 돈을 맡기는 것 아닐까 싶기도 합니다만."

"경영컨설팅……. 그럼 뭐야, 바이아웃이 목적이라는 뜻이야?"

"네, 그렇습니다. 여기서 레버리지를 끌어 올지 어떨지는 모르겠습니다만, 바이아웃이 목적인 것은 확실합니다."

바이아웃을 진행하자면 당연히 전문가를 찾아가는 것이 현명한 일이었을 것이다.

가만히 생각에 잠겨 있던 장항철이 무릎을 쳤다.

"아! 잠깐! 그러고 보니까 AS컴퍼니 대표이사가 HKTV와 무슨 관계가 있다고 그러지 않았어?"

"그쪽 간판앵커와 열애설이 난 것으로 압니다."

"열애설이……. 음, 그렇다면 오히려 우리에겐 희소식 아닌가? 어차피 HKTV와 우리는 한 식구잖아. 줄을 대기가 더 쉽지 않을까?"

"사장이랑 얘기를 해 볼까요? 앵커랑 다리 좀 놔 달라고요."

"에이! 사장이랑 얘기하는 건 좀 그렇지 않나? 너무 속 보이잖아. 차라리 아나운서 실장이랑 얘기하는 게 낫지."

"알겠습니다. 그럼 그쪽으로 다리를 놔 보겠습니다."

장항철은 이번 기회에 회사가 기사회생하게 될 것이라고 믿어 의심치 않았다.

§ § §

생각보다 미끼를 빨리 물었다.

“장항철……. 무척이나 단순한 면이 있는 것 같죠?”

-망둥이도 이것보단 똑똑할 텐데 말이야. 하여간 사람이 이상한 것에 꽂히면 저렇게 된다니까.

한 회사의 대표이사씩이나 되는 사람이 이렇게 단순하게 행동하는 것은 보통 일이 아니었다.

회사를 살려 내지 못한다면 알거지가 될 것이라는 생각에 눈앞이 캄캄해진 것이 분명했다.

그가 어떤 마음을 가졌건 간에 일단 미끼를 물었다는 것이 중요했다.

“이젠 뭘 하면 되는 거예요?”

-간단해. 만나 달라고 하면 만나 줘. 그리고 놀아 달라면 적당히 놀아 주고. 대신 투자는 안 된다고 그래. 지금 이 상황에서 무슨 투자를 하겠어?

“조금 더 현실적으로 다가가란 말인 거죠?”

-그렇지! 이번에는 극단적인 현실주의로 가자고.

누구나 이해할 수 있을 정도의 현실감각, 그것만 제대로 보여 준다면 낚시는 제대로 성공할 것이다.

한결은 장항철과의 만남을 수락하겠다는 메시지를 보냈다.

그러자 무려 한 시간 만에 전화가 왔다.

지이이이잉!

[발신자 : 다산인터 장항철 대표]

방금 전에 저장한 번호로 전화가 걸려온 것이다.

"이야, 빠르다, 빨라! 사업을 이렇게 했으면 크게 번창했을 텐데. 그쵸?"

–단순하긴 진짜 엄청 단순한 모양이네. 혹시 뇌 구조가 일자로 되어 있나?

한결은 일단 전화부터 받았다.

"네, AS컴퍼니 신한결입니다."

–반갑습니다! 다산인터 장항철이라고 합니다. HKTV에서 얘기 들으셨죠?

"네, 그렇기는 합니다만."

–스위스에서 건너온 자본을 우리에게 연결만 해 주시면 당신이나 우리나 아주 기가 막히도록 놀라운 이윤을 챙길 수 있을 겁니다.

"기가 막히다니요?"

-우리가 밀린 채무만 다 갚아도 기사회생은 아주 따놓은 당상이거든요!

"음!"

-어때요? 저 한번 믿어 보시겠어요?

그야말로 사람이 뻔뻔하기 이를 데 없다.

만약 이대로 누군가 자금을 융통해 주었더라면, 그는 아마 얼마 못 가 돈만 날리고 말았을 것이다.

이렇다 할 청사진도 없는 그에게 한결은 숙제를 내주었다.

"그렇다면 투자에 관한 리포트를 작성해 주시죠."

-리포트? 투자를 해 주면 해 주는 거지, 리포트는 뭡니까?

"그 사람들도 뭔가 믿을 만한 구석이 있어야 투자를 해 주죠. 믿을 것이라곤 회사의 실적뿐인데, 그것도 없이 어떻게 투자를 받겠다는 겁니까?"

-에이, 그래도 같은 식구끼리 그렇게 팍팍하게 굴면 되겠습니까?!

한결은 하도 말도 안 되는 헛소리를 해대니 짜증이 확 솟구치려 했다.

이렇게 주먹구구식으로 사업을 결행해 왔으니, 지금까지 안 망한 것만 해도 천운일 정도였다.

'와! 미친놈인가?'

—봤냐? 이게 바로 투자시장의 현주소라는 거야. 별다른 호재 없이 주가도 뛰는데, 투자금이라고 별거 있겠냐? 그냥 주가만 뛰도록 해 주면 투자금 상환이야 벼락치기로 가능하다 이거지. 그것만 믿고 까부는 거잖냐.

'아니, 그런 투자는 지금까지 다 사기로 마무리가 되었다는 것을 저 사람도 잘 알고 있을 텐데요?'

—잘 알겠지. 그러니까 저러는 것이고.

'알면서도 저런다고요?'

—뭐… 회사 망하면 그냥 튀려는 것 아닐까? 주가 뻥튀기 해 놓고 회사 살아나면 그때 경영권 냅다 던져 버리고 해외로 튀면 끝이고. 그 이후의 일은 사실 저 사람 책임이 아니니까.

'와아!'

—아무튼, 지금의 대한민국 분위기가 그래. 제대로 사업하려는 사람들마저도 저런 쓰레기들 때문에 선의의 피해자가 되어 가고 있는 거지.

한결은 아무리 저놈이 입을 놀려 대도 넘어가지 않았다.

"기획안 제대로 작성해서 제출해 주십시오. 사업기획서도 작성하시고요. 그렇게 된다면야 얼마든지 투자금은 내어 드릴 수 있습니다. 전액 유로화 현금으로요."

—…유로!

"지금 사장님 신용도로 이 정도 기획을 잡아 드리는 것만으로도 다행이라고 생각하십시오. 이것도 못 해서 망하는 회사들이 부지기수입니다."

–일단 잘 알겠습니다!

한결은 분명 제대로 된 사업기획서를 가져오라고 지시했건만, 과연 그가 제대로 알아먹었을지는 의문이다.

'귀가 먹은 건 아니겠죠?'

–귀만 먹었으면 다행이게?

'뭐, 오히려 막귀면 우리에겐 더 좋은 거죠. 일이 더 쉽게 풀릴 거잖아요?'

–크크! 그렇긴 하지. 우리의 목적은 저놈들이 가진 주식이니까.

§ § §

장항철이 다녀간 직후.

대한민국의 기업계는 다소 충격적인 소식을 전해 듣게 되었다.

[…대한민국 중견 건설사 네 곳이 현재 부도처리를 기다리고 있다는 제보가 있었습니다. 과연 이것이 어떻게 된 일인지, 공민혁 기자가 취재했습니다…]

"건설사들이 하나둘 무너지기 시작했는데요?"

–정해진 수순이었지, 뭐. 우리는 그런 거 신경 쓸 필요 없이 할 일만 해내면 되는 거야. 어차피 우리가 노리는 건설시장은 한국이 아니라 외국이니까.

"하긴 거품이 가라앉는 거야 당연한 수순이긴 하죠."

그동안 거품이 미친 듯이 끼었으니 가라앉는 것이 인지상정이다.

한결은 차상식의 말처럼 초점을 해외로 돌렸다.

[해외 건설 관련 매출 : 61%▲]

"벌써 1년 만에 건설 관련 매출이 이만큼이나 올랐다니, 아저씨 말대로 한국이 문제가 아니었네요!"

–2년 전부터 이미 정해진 수순이었어. 지금은 그저 길을 따라 물이 흐를 뿐인 거지.

"AS컴퍼니가 건자재 생산량을 증가시킬 수 있는 방안을 찾아낸 것은 신의 한 수였네요!"

–투자란, 시장에 적응하는 자가 승리하는 것이라는 말이 있지. 이게 다 적응의 승리라는 거 아니겠냐?

"그럼 이제 한국에 있던 투자금은 전부 외국으로 보내면 되는 걸까요?"

차상식은 고개를 가로저었다.

-아니지, 인마. 어쨌거나 우리 투자의 시드는 이곳 한국에 있어. 그런데 한국을 떠난다? 말이 안 되는 소리지.

"아! 그건 그러네요. 음! 그럼 어떤 방식으로 투자를 해야 하는 거지?"

한결은 잠시 생각을 해 보았다.

이제부터 회사를 굴려 수익을 내는 것은 자신의 몫이니 최대한 조심스럽게 접근해 보기로 한 것이다.

"투자 시드는 한국에 두고 사업은 외국에서 벌이도록 판을 짜는 건 어떨까요?"

-시드를 한국에……. 그래, 그런 다음에는?

"중국에서 빠져나온 투자금 휘어잡아서 공장 늘리고 동시에 미국까지 노려 보는 거죠."

-흠………… 나쁘지는 않은데, 뭔가 테마가 없어. 아무리 막강한 힘과 지식을 가졌어도 투자는 색깔이 있어야 해. 투자의 테마를 정하지 않으면 투자를 해도 이익을 보기 힘들 거다.

"테마라……."

한결은 머릿속으로 그림을 그려 보았다.

과연 지금 어떤 방식으로 투자를 해야 투자와 엑시트, 이 두 가지가 모두 성공할 수 있을까?

방법은 단 하나였다.

"아시아에 투자해 놓고 미국 시장을 공략한다. 그것을

위해 미국의 유통업계에 발을 걸친다?"

-이제야 청사진이 조금씩 나오네! 그래, 그런 거야. 어느 시장에서 생산을 주력으로 할지, 그걸 어떻게 팔아먹을지 생각하면 돈을 어떤 방식으로 굴려야 할지 감이 딱 오기 마련이야.

한결의 주업은 바이아웃이다.

어쨌거나 기업을 키워 매각해서 돈을 벌어야 하는 운명인 것이다.

그렇다면 승부를 볼 것은 투자시장에서 메리트를 갖추도록 하는 것인데, 그 메리트는 당연히 '매출'에서 나오기 마련이다.

"매출에서 메리트를 갖추기 위해서는 구매력을 만들어주는 것이 중요하겠네요!"

-그래! 지금은 전체적으로 불경기이지만, 그만큼 물가가 높기도 해. 그렇다면 미국의 소비자들이 지갑을 열 수 있도록 만들어야 한다는 거야.

"저렴하지만 질 좋은 제품을 최대한 많이 만들면 되겠네요!"

-그것이 바로 알타시아의 본질이야. 넌 이제 알타시아의 본질에까지 접근했으니 자금만 잘 굴리면 되는 거지.

"중국을 대신하는 시장……. 아, 그러네요. 애초에 중국으로 시장을 옮긴 게 제품의 수량을 최대한 많이, 저렴하게 만들기 위함이었으니까요.”

–반면, 중국은 시장의 점유율을 높이고 유입되는 기술력의 수준을 끌어올려서 경제강국이 되고자 했었지. 지금도 몇몇 시장에서는 중국이 유리하다곤 하나, 이제 중국은 메리트가 적어. 잘만 하면 우리가 틈새시장을 노릴 수 있다는 거지!

“아하, 틈새시장!”

§ § §

다산인터의 투자금 요청서에 첨부된 기획안이 한결의 손에 들어왔다.

“흠…….”

–말은 아주 그럴싸하군. 만약 이걸 시장에 내놓기만 한다면 투자자들이 들끓을 거야.

장항철이 보낸 기획안에는 북해유전의 원유를 퍼 올리는데 필요한 장비들을 수출한다는 내용이 적혀 있었다.

한결은 보고서를 더 보지 않고 덮어 버렸다.

“개판이네.”

–저놈들이 정말로 북해유전으로 진출했다면야 개판은 아니지.

“…북해유전까지 갈 정도였다면 지금까지 투자금 500억 때문에 고전하고 있지는 않겠죠."

—음.

차상식은 뭔가를 잠시 생각하는 듯하더니 이내 한쪽 입꼬리가 슬그머니 올라갔다.

그 모습을 보며 한결은 눈을 게슴츠레하게 떴다.

"뭐야? 뭐 있는 거죠. 그렇죠?!"

—있긴 뭐가 있어?

"그런데 표정이 좀 이상한데?"

—나? 원래 이 표정인데?

"…말도 안 되는 소리. 누가 그렇게 음흉한 표정으로 살아요? 아저씨가 산에 사는 고블린이에요?"

—살색의 고블린이라고, 들어 봤냐?

"아, 진짜! 뭔데요!"

—큭큭! 지금은 말해 줄 수가 없어. 말해 줄 타이밍도 아니고, 말해 줘 봤자 그다지 좋을 것 같지도 않아.

"아, 씨…… 왜 또 저러는 거지?"

손으로 턱을 괴고 한참을 생각해 봤지만 차상식이 어떤 생각을 가지고 있는지는 알아낼 수 없었다.

열 길 사람 속보다 더 알 수 없는 것이 차상식의 속내였으니 말이다.

"뭐, 어쨌거나 이번 투자는 보류하는 것으로 할까요?"

—원래는 그럴 생각이었는데, 아주 약간의 떡밥을 던져

보는 건 어떨까 싶어.

"떡밥이요? 어떤 식으로?"

-저 북해유전 진출이 사실이라고 치고 우리는 방어적으로 투자를 해 보는 거야. 요즘 북해에서 원유를 줄였다 늘렸다, 난리도 아니잖아? 그러니 투자자들 입장에서는 이게 호재라고 생각해서 어느 정도는 스포트라이트를 받을 수 있을 것 같아.

"스포트라이트?"

한결은 스포트라이트라는 말에 고개를 갸웃거렸다.

지금 차상식의 얘기가 딱 작전세력들이나 할 법한 것들이었다.

"지금… 뭔가 되게 이상한 거 아시죠?"

-아, 그럼! 잘 알지. 이상해 보이라고 그러는 거니까.

"이상해 보이라고요?"

-난 말이야, 꽤 오래전부터 생각해 오던 게 있었어. 도대체 주식시장 작전이 터지면 공정위는 귀신같이 움직이면서, 정작 큰 거 한 방 제대로 터졌을 때에는 왜 가만히 있었을까?

"어… 그거야 그들도 사람이니까?"

-그래, 그거야!

차상식은 한결의 말에 무릎을 탁 소리 나게 쳤다.

-그들도 사람이니까! 그러니까 모종의 세력에게 이리저

리 휘둘렀겠지. 안 그러냐?

"그래서 지금도 정치인들에게 이리저리 흔들리고 있죠."

—아니, 아니지!

고개를 가로젓는 차상식.

그의 표정은 아주 단호했다.

—단순히 그래서 흔들리는 게 아니야. 정치인이 공정위를 작정하고 건드려? 잘못하면 자기 정치자금줄 죄다 커트 당할 텐데?

"아?!"

—정치자금은 보통 기업에서 많이 나오잖냐. 후원금, 기부금, 심지어는 정경유착을 위한 비자금까지 해서 말이지. 그래서 정치인 이름을 대면 거기에 맞는 기업의 족보까지 줄줄이 나올 정도야. 한마디로 한국은 정치인이 곧 기업들의 뒷배라는 소리지.

"그걸 흔들 수 있는 것이 공정위인데…… 가만히 당하는 것도 웃기긴 하네요!"

—그래! 이번 사건은 그래서 이상하다는 거야. 지금 우리가 얻은 정보? 그건 분명 이번 현상을 설명하고 사건을 해결하는 데 도움이 되긴 하겠지. 하지만 그 이후에는? 이런 일이 또 없으리란 보장이 있어?

"그러니까… 아저씨 말은 지금 누군가 배후에 있다는 얘기잖아요?"

—돈으로 움직이든 루머로 움직이든 간에 누군가 공정위를 아주 곱창내는 바람에 정치인이 바람만 불어도 움직이고 있다, 이거지.

“원래는 대통령 권력기관이었던 공정위가 몰락했다.”

한결은 지금까지 배워 온 대로 머릿속에 마인드맵을 그리기 시작했다.

만약 대통령의 권력까지 등에 업은 공정위가 움직이려면 그만한 이유가 있어야 할 텐데, 과연 청와대의 손찌검까지 감수해 가면서 움직일 만한 사안이 뭐가 있을까?

생각이 거기까지 미칠 때였다.

“어?!”

순간, 뇌리에 번개가 날아와 꽂힌다.

한결은 자신의 머리에 박힌 번개를 뽑아서 차상식의 앞에 내어 놓았다.

“…공정위원회가 꼼짝 못 할 만한 이유가 있는 거였네요. 이를테면 과거의 오점이라든가.”

—호오?

“굳이 예를 들자면 인트펀드와 같은?!”

차상식은 대답 대신 슬그머니 고개를 주억거렸다.

바로 이것이었다.

공정위가 움직일 수밖에 없는 데에는 그만한 이유가 있었다.

—인트펀드뿐만이 아니야. 대한민국에는 수많은 작전이 있었고, 그중에는 펀드가 수천억, 많게는 조 단위의 사기를 치는 경우도 얼마든지 있었지. 그런데 그때마다 공정위는 왜 손 놓고 있었을까? 과연 그게 인력으로 인한 재해였을까, 아니면 자신들의 과오를 덮기 위해 뭔가 하나를 희생하는 은닉의 행위였을까?

"후자이기 때문에 지금 상황이 이렇게 돌아간 거였겠죠. 공정위, 검찰까지!"

—그래, 검찰. 인트펀드가 터졌을 때에 검찰에서 기소를 하지 않아서 사건이 흐지부지되었던 것도, 증거를 은닉하려 했던 것도 다 그런 이유 때문이라는 거지.

"…뭔가 엄청난 사건이 배후에 있었다는 거네요?!"

—엄청난 사건이겠지. 그것도 졸라게 말이야!

§ § §

다산인터내셔널에 500억 투자금이 유입되면서 투자업계는 열광하기 시작했다.

가장 먼저 반응한 곳은 당연하게도 증권회사들이었다.

너 나 할 것 없이 다산인터의 투자 호재를 시장으로 퍼나르면서 전혀 새로운 국면을 만들어 낸 것이었다.

"…500억이 수혈되었다? 그 까다로운 스위스 자본들이 말이야?"

"그것도 현찰박치기로!"

다산인터의 현찰박치기 투자금 수령에 대한 소문은 어느새 HK그룹으로까지 번져 있었다.

이 정도면 HKTV의 의결권 정도는 지킬 수 있지 않을까 하는 분위기마저 감돌고 있었다.

실제로 HK그룹의 총수 조한철의 생각도 그러했다.

"이거, 잘하면 우리 주가만 올려놓고 게임 끝날 수도 있겠는데?"

"그나저나 도대체 누가 우리 비상장 주식을 매입해서 일을 이 지경까지 만들어 놓은 것일까요?"

"…이제부터 그걸 찾아내는 것이 자네와 내가 해야 할 일 아닐까?"

HK그룹 이사회는 이제 더 이상 당하고만 있지는 않을 것이다.

2대 주주에 대항하는 결사항전의 몸부림을 통해 자신들의 의지를 관철할 생각이다.

하지만 그들의 의지는 그리 오래가지 못했다.

콰앙!

회의가 한창인 와중에 부서질 듯이 문이 열렸다.

별안간 문이 벌컥 열리자 경영진 전원이 깜짝 놀라 고개를 획 돌렸다.

"썅! 뭐야! 그래서 문이 부서지겠어?"

"…큰일입니다! 회장님, 우리 모회사 지분이 지금 AS컴퍼니를 통해 스위스 투자자의 손으로 들어갔다고 합니다!"

"뭐?!"

방금 전에 문을 벌컥 연 것에 대한 황당함은 이미 사라진 지 오래였다.

마치 목젖이 튀어나올 듯이 놀라 소리를 친 조한철은 자리를 박차고 일어섰다.

"장난하나? 그게 말이 된다고 생각해?!"

"다산인터에서 500억 투자를 받는 조건으로 자신들이 가진 지분 중에서 가장 신용도가 높은 채권과 주식을 매각하기로 했다고 합니다."

"…젠장, 그 많은 주식을 전부 다?!"

"다산인터뿐만이 아닙니다. 다산과 손잡고 있던 우리 쪽 이사진들 중 상당수가 지분을 한쪽으로 몰아 지금 2대 주주에게로 넘겼다는 것 같습니다!"

2대 주주에게 지분이 넘어갔으면 게임은 끝이다.

"…그럼 최대주주 순위가 바뀐 건가?"

"네, 그렇습니다! 이제 회장님께서 2대 주주가 되신 겁니다."

"허!"

그야말로 충격 그 자체였다. 마치 망치로 머리를 한 대씩 얻어맞은 듯, 모두가 정신을 차리지 못했다.

경영진들은 그 자리에 털썩 주저앉았고, 조한철은 애써 현실을 부정했다.

"…이건 말도 안 되는 일이지! 어떻게 이렇게 순식간에 상황이 뒤집힐 수가 있나?! 공정위에서는 그동안 아무것도 안 하고 뭐 하고 있었던 건데?!"

"그… 공정위도 어쩔 도리가 없었다고 합니다. 불법에 의한 주식증여는 또 아니라서 말입니다. 정당하게 돈을 받고 원하는 주식을 매각한 것이 불법은 아니잖습니까."

"아, 젠장!"

말 그대로 손 놓고 당한 꼴이었다. 상대가 원하는 주식을 매각하는 것은 완벽하게 합법이 아닌가.

이제는 상황을 받아들이고 현재 이 순간에 집중하는 수밖에 없다.

"…일단 일은 벌어졌어. 지금으로선 어쩔 도리가 없다는 뜻이지. 그렇다면 우리도 이대로 가만히 있을 수는 없는 거 아니겠나?"

"최대주주가 바뀌었는데 어떻게 한단 말씀이십니까?"

"아무리 최대주주라 해도 이사회에서 쫓아낼 수 있어. 뭔가 흠을 잡아 억지로라도 끌어내려버리면 되는 거야!"

"아!"

"아직 우리에게는 시간이 있어. 이사회 정관을 수정하기 전까지 최선을 다해 놈을 끌어내리는 거야."

별다른 도리가 없었다.

하지만 잘하면 아주 불가능한 일도 아닐 것이었다.

§ § §

다산인터가 HK그룹의 주식을 매각한 것에 대해 투자업계에서는 갑론을박이 펼쳐졌다.

이는 생태계의 교란을 일으킬 수 있는 심각한 일이라고 말이다.

하나 이것은 엄연히 합법이었다.

–자, 이제 HK그룹은 우리 것이 되었네?

"나 참, 내 앞을 가로막는 건 돈으로 다 사 버린다는 마인드라니. 뭔가 졸라 멋있는 것 같기도 하고."

–그러려고 뼈 빠지게 돈 버는 거 아니냐. 안 그래?

"그게 또 그렇게 되는 건가?"

–아무튼 간에 일은 잘 해결된 것 같고, 지금부터는 2위의 반란을 진압하는 일만 남은 거네?

"그래요, 놈들이 절대 가만히 있지는 않겠네요. 그렇죠?"

–아마 이번 인수전과 관련된 모두의 일거수일투족을 다 조사해서 뭐 하나 꼬투리라도 잡으려 할 거야. 아마도 지금

으로선 네가 실명으로 활동하는 유일한 인물이니까 뭐라도 건드리려고 하겠지?

"나는 직접적인 관련이 없는 인물인데도요?"

–어쨌거나 이번 주식인수에서 AS컴퍼니가 중간에 관여했다는 사실이 드러났잖냐. 그러니 어째? 너부터 일단 조지려 들지 않겠어?

"흠……."

과연 나를 들쑤셔서 얻을 만한 것이 뭐가 있을까. 여자? 도박? 심지어 밖에선 술도 잘 안 마시는 사람에게 잡아낼 만한 게 있다면, 기껏해야 운동하는 장면 몇 개뿐일 것이다.

그러다가 한결은 문득 이런 생각을 해 본다.

"잘하면 말이에요. 역공도 가능할 것 같지 않아요?"

–역공?

"내 뒤를 밟으려 분명 여기저기 감시의 눈을 붙여 놓을 거 아니에요? 그럼 우리는 그걸 역으로 이용할 수 있다는 거죠."

차상식은 씨익 미소를 지었다.

–그런 방법도 가능하겠네? 짜식! 많이 컸어?

결국 머리싸움에서 이기는 사람은 여유가 있는 쪽이다.

여유가 없으면 수를 쓸 새도 없이 판은 끝나 버릴 테니 말이다.

§ § §

한강홀딩스의 대주주 교체 이후 사흘이 지났다.

"…아무런 소식이 없어?"

"이사회 정관 수정은 물론이고 이사회 멤버 교체에 대한 얘기도 일절 없었습니다."

조한철은 손톱을 뚝뚝 물어뜯었다.

도대체 이놈의 최대주주라는 인간은 왜 아직까지 아무 반응조차 없는 것일까.

최대주주는 조한철의 멱살을 손아귀에 꽉 움켜쥐고 있고, 그는 벗어나려 발버둥 치며 전전긍긍할 수밖에는 없었다.

이런 상황이 답답한 것은 이사회 역시 마찬가지였다.

"회장님, 이러다가 경영권뿐만 아니라 우리 주식까지 어떻게 되어 버리는 거 아닙니까? 지금이라도 최대주주가 미친 척 매각이라도 진행해 버리면…."

"…오버하지 마. 매입 후에 초단기 매각을 단행하는 경우는 별로 없어. 세금문제가 얼마나 큰데?"

"하지만 우리가 하는 사업의 규모를 조금 더 키워 준다고 이리저리 홍보를 하고 다닌다면……."

"쓸데없는 소리!"

손만 살짝 대도 터져 버릴 듯이 예민해진 조한철에게 이런 자극은 그다지 좋은 일이 아니었다.

덕분에 이사진들은 그가 무슨 소리만 해도 그저 입을 꾹 다물고 사태가 잠잠해지기를 바라고 있을 뿐이었다.

찌뿌둥한 표정으로 관자놀이를 벅벅 문지르는 조한철.

"…아, 머리야. 누가 나가서 두통약 좀 받아 와."

"네!"

"그리고 말이야, 그 AS컴퍼니 대표이사라는 놈은 좀 어때. 뭐가 나왔어?"

"안 그래도 움직임이 심상치 않았습니다."

순간, 관자놀이를 중심으로 빙글빙글 돌리던 조한철의 손이 우뚝 멈추었다.

"…그래? 움직임이 어떤데?"

"증권사 쪽이랑 자주 만나는 것 같았습니다."

"증권사? 어디 증권사 말이야?"

"블리츠 증권입니다."

"블리츠라……."

여의도 금융가를 논할 때 다섯 손가락 안에 드는 회사가 바로 블리츠 금융지주다.

블리츠 그룹은 증권을 시작으로 40년 만에 대기업 반열에 오른 굴지의 금융사인데, 증권의 정보력은 금융가 탑이라고 알려져 있다.

"블리츠 증권이라면… 뭔가 정보교류를 통해 새로운 작

전 같을 것을 펼치려는 건가?"

"아무래도 투자귀신이라는 자와 깊은 연관성이 있다는 것 같은데, 그런 이유 때문 아닐까요?"

"오호! 그래?"

조한철의 눈썹이 서서히 반달 모양으로 휘었고, 어느새 관자놀이를 꾹꾹 누르던 손은 손뼉을 치고 있었다.

짝짝짝!

"이거네!"

"예?"

"하늘이 우리를 아주 버리지는 않았나 봐? 저놈이 뭔 작당모의를 하는 것인지, 그것만 알아내면 우리가 저놈을 앞서 대가리를 한번 세게 내리칠 수도 있지 않겠어?"

순간, 이사진들이 웅성거리기 시작한다.

역팔자로 내려간 눈썹과 떨리는 입술, 그들은 조한철에게 한목소리를 냈다.

"설마하니 그놈에게 작전을 치려는 건 아니시죠?"

"맞아! 아무리 생각해 봐도 저놈들이 자금의 조달처로 보인단 말이지. 그렇다면 뭐야? 저놈들이 실질적인 지배자, 혹은 물주란 말이야."

"아무리 그래도 저놈의 대가리를 치는 건 좀……."

"이 바닥은 원래 돈 먹고 돈 먹기야! 우리 아버지도 그렇게 사업을 시작해서 여기까지 온 거고!"

이사진들은 제각각 모두 다른 생각을 가지고 살아가고 있었다.

하지만 지금 이 순간만큼은 모두 같은 생각을 했다.

'드디어 막장에 몰렸구나!'

도대체 이유는 모르겠지만, 어느 순간부터 HK그룹은 가드를 올릴 새도 없이 소나기 펀치만 얻어맞고 있었다.

아무래도 이 회사의 명운은 여기까지인가 보다, 그런 생각만이 머리에 맴돌 뿐이었다.

§ § §

서창준이 건넨 사진 몇 장이 한결의 집무용 책상 위에 놓였다.

"맞습니다. 대표님께서 말씀하신 대로 누군가 뒤를 밟고 있었던 것으로 보입니다. 대표님께서 블리츠 증권에 다니는 지인을 만난 것도 저놈들의 귀에 들어간 것 같습니다."

"블리츠 증권에서 무슨 반응이라도 보이던가요?"

"블리츠가 아니라 조한철 측에서 말입니다."

"조한철이? 어디서 비자금이라도 끌어 오던가요?"

"계열사들을 바탕으로 유보금을 끌어 오려는 모습을 보이고 있습니다. 물론 암암리에 말이지만요."

한결이 스위스에서 자금을 끌어 왔을 때부터 서창준은

한결이 대충 어떤 일을 하려는 것인지 인지 정도는 하고 있었다.

때문에 그는 금융가 곳곳에 인맥을 동원해 CCTV를 돌리고 있었는데, 그 결과가 지금 이렇게 나오고 있는 것이었다.

―철두철미하네! 그치?

'그나저나 조한철이 유보금을 끌어 오고 있다면, 사실상 얘기는 다 끝난 거 아니에요?'

―큭큭! 그치! 우리가 무슨 작전이라도 치는 줄 알고 저러는 거 아니야.

'짜식이 이렇게 쉽게 넘어올 인간이었으면 조금 더 순종적으로 굴지, 사람 힘 빠지게 말이에요.'

―인마, 그럼 재미가 없잖냐! 사람이 뭔가 좀 반항하는 맛이 있어야 때려 주지! 무장해제된 놈들 두들겨 패는 건 기사도에 어긋나는 행동이야.

'…여기서도 또 낭만을 찾으시네.'

―큭큭큭! 아무튼 간에 게임은 끝났는데, 사건은 끝날 때까지 끝난 게 아니야.

'그럼 뭐가 또 남았어요?'

―당연하지! 회사의 경영진들! 그리고 이사회! 과연 그놈들이 가만히 있겠냐? 회사가 망할 것 같은데 뭐라도 하려고 들지 않겠어?

'아! 그러네! 회장이 바보라고 휘하의 측근들까지 바보는 아닐 테니 말이죠?'

-지금부터는 저 유보금이 남에게 넘어가지 않도록 하는 것이 중요해.

'저 새끼들이 미친 척 돈을 들고 튈 수도 있다는 뜻이에요?'

-돈 들고 튀기만 하면 다행이게? 유보금 확 늘려 놨을 때 공격적 인수합병을 유도할 수도 있지. 소란을 틈타서 한몫 잡으려고 말이야.

'산 넘어 산이네요.'

멀쩡하던 회사를 쳐서 인수합병을 단행했으니 부작용이 어느 정도 있으리라 예상했다.

하나 그 해결과정이 생각처럼 단순하지는 않았다.

다만, 그 답은 아주 명확하게 나와 있다.

'뭐, 그래도 조지면 얼마든 조질 수 있으니 다행이네요!'

-큭큭, 그래! 조질 수 있다는 것에 감사해야지. 자, 그럼 이번에는 도망치는 이사회를 어떻게 족치는지 한번 배워 볼까?

§ § §

"이제 와서 인수합병을 하겠다고?"

제임스 스와든은 투자귀신에게서 인수합병 요청을 받았

다.

한강홀딩스의 대주주가 바뀐 지 벌써 보름이 다 되어 간다.

하지만 그동안 투자귀신은 한 번도 이 회사를 합병하겠다고 말한 적이 없었다.

그러다가 이제 와서 합병을 단행하겠다며 외부감사를 진행해 달라는 것이었다.

게다가 투자귀신이 원하는 것은 기업공개였다.

HK그룹의 모든 회사들을 기업공개(IPO)하겠다, 즉 상장을 진행하겠다는 것은 굳이 단단하게 양생해 놓은 콘크리트를 깨부수겠다는 얘기이기도 했다.

도대체 투자귀신은 왜 이런 행동을 하는 것일까?

아무리 생각해 봐도 이해할 수 없지만, 일단 HK그룹의 합병을 단행하기로 한다.

제임스 스와든은 우선 이 사실을 본부장에게 알렸다.

"투자귀신이 아예 HK를 먹겠대? 단순히 정치인들 뒤꽁무니만 좇아다니는 것만으로는 부족하다, 이거네."

"그게 무슨 말씀이십니까?"

"생각해 봐! 얼마 전에 투자귀신이 어떤 회사들을 인수했지?"

"정치인들의 비자금을 취급했던 회사들을 인수했습니다."

"그런데 이번에는 정치인들의 외압을 가장 많이 받았던

회사를 인수했어. 그것도 그룹을 통째로 말이야. 이게 뭘 의미하는 거겠어?"

그제야 제임스 스와든은 모든 퍼즐이 맞춰지는 것 같았다.

투자귀신은 단순히 회사를 인수하려는 것이 아니라 정치판에 뭔가 큰 파장을 주려는 것이었다.

"정치인들을 직접 쓸어버리려는 것일까요?"

"쓸어? 그 사람이 굳이 왜? 그럴 것이었다면 진즉에 가진 정보를 시장에 풀어 버렸겠지."

"음!"

"때론 말이야, 직접적인 행동보다 암시라는 게 더욱 잘 먹힐 때가 있기 마련이지."

"투자귀신이 비자금 게이트를 열었고, HK그룹을 인수했다는 것이 알려지면 정치인들은 알아서 몸을 사리겠군요. 관련 기관들이 뭔가 눈치를 채고 움직일 수도 있고요."

"그래, 어쩌면 보다 더 깊은 곳으로 들어가 볼 수도 있을 것이고."

"심연…… 정계의 심연으로 들어간단 말입니까?"

"정계가 될 수도 있고, 재계가 될 수도 있고. 경우의 수야 많지!"

제임스 스와든은 오늘도 투자귀신이 정말 신출귀몰하다는 것을 재차 느꼈다.

§ § §

제임스 스와든의 외부감사가 시작되었다.

"…제기랄! 외부감사라니!"

"유보금이라도 어떻게 해 봅시다! 혹시 다른 회사에서 인수할 생각은 없다고 하던가요?"

"지금 유보금이 문제입니까?! 기업공개를 하겠다잖습니까!"

비상장기업과 상장기업은 기업공개의 의무가 있고 없고의 차이가 있다.

상장기업은 기업의 모든 것을 투명하게 공개할 의무가 있으나 비상장기업은 그럴 의무가 없다. 때문에 자금을 유용하자고 마음먹으면 방법이야 얼마든지 생긴다.

하지만 만약 지금까지 수십 년간 비상장으로 이어져 오던 회사가 갑자기 상장을 한다면 어떻게 될까?

"…지금까지 애써 막아 놓았던 둑이 터져 버릴 겁니다. 그럼 우리들 중 몇 명은 감옥에 가게 되겠죠."

"우리들? 왜 우리들입니까? 이번 경우에는 재무관련자들이 총대를 메 줘야지요."

"허! 총대를 메?! 우리가 왜요? 돈은 다 같이 써 놓고서!"

바로 며칠 전까지만 해도 대동단결이니 결사항쟁을 외쳤

었다.

하지만 지금은 철천지원수인 것처럼 서로를 헐뜯기 바빴다.

물론 점입가경인 것은 이들의 대표이사이자 회장인 자였다.

"그나저나 조 회장은 어디로 갔습니까?"

"…몰랐어요? 어젯밤에 몰디브로 가는 비행기 티켓을 끊었다던데."

"허! 그럼 지금쯤이면 공항에서 비행기를 타고 해외로 도주했겠네요?"

"진즉에 입국수속을 밟아 뒀겠죠."

"이런 얍삽한 새끼!"

회사를 털면 제일 먼저 피해를 볼 사람은 당연하게도 대표이사였다. 그나마 이사회가 거부표를 행사해서 좀 버틴다고 해도 외부감사는 최대주주가 충분히 행사할 수 있는 권한이기 때문에 감옥에 가는 건 시간문제였다.

대표이사는 회사를 지키는 대신에 스스로의 안위를 지키는 데 올인하기로 한 것이다.

"…그런 개자식을 믿고 20년을 넘게 일했으니."

"아무튼 간에 이제 곧 최대주주가 보낸 감사와 기업공개가 진행될 겁니다. 우리도 뭔가 대책을 세워야지요. 언제까지 이렇게 탁상공론만 하고 있을 겁니까?"

"그럼 이렇게 합시다! 어차피 결사항전이라면서 유보금을 끌어 모은 건 대표이사 아니었습니까? 그러니 우리는 그놈에게 죄를 전가하고 현 최대주주에게 붙는 겁니다. 어때요?"

"아직까지 얼굴도 못 본 사람이 우리를 받아 주겠습니까?"

"되든 안 되든 일단 뭐라도 해 봐야죠. 그냥 이대로 개털되고 싶습니까?!"

"…그건 아니죠."

"그럼 궁여지책이라도 일단 해봅시다. 그래야 좀 살죠!"

이대로는 답이 없었다.

이사회는 대동단결하여 최대주주를 찾아가기로 했다.

하지만 그들의 뜻은 어처구니없는 곳에서 좌절되고 만다.

"이사님들! 최대주주가 긴급이사회를 소집했습니다!"

"…긴급이사회를?"

"최대주주 권한으로 대표이사를 선임하겠다고 합니다!"

"뭐?! 갑자기 누굴 대표로 선임하겠다는 건데?"

"AS컴퍼니의 신한결 대표입니다!"

"…겸임을 시키겠다고?"

"아니요, AS가 HK를 역합병하는 겁니다."

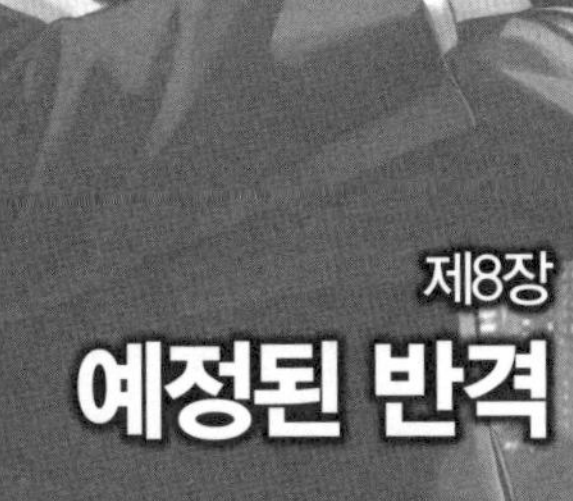

제8장 예정된 반격

HK그룹의 대표이사 취임식이 열렸다.

웅성, 웅성!

강당에 모인 사람들은 삼삼오오 이야기를 나누고 있었다. 그런 소곤거림이 하나둘 모이다 보니 강당은 그야말로 도시 한복판의 광장과 같은 분위기가 될 수밖에는 없었다.

"분위기가 많이 어수선하네요."

단상 뒤에서 취임사를 준비하고 있던 한결이 내뱉은 말이었다.

한결의 옷매무새를 매만져 주던 서창준은 별 대수롭지 않다는 듯이 답했다.

"앞으로 자신들의 미래가 걱정되는 것이겠지요. 크게 신경 쓰실 필요 없습니다."

AS컴퍼니의 HK그룹 역합병은 재계에 큰 충격을 주었다.

사모펀드가 멀쩡한 기업을 쳐부수어 한 방에 먹어 치울 수 있다는 것이 다시 한번 증명된 셈이었다.

천하의 전경련도 들썩일 판에 HK그룹이 부화뇌동하는 것쯤이야 별것 아니었다.

"대표님 입장하십니다!"

장내에 있던 임직원들은 일제히 자리에서 일어나 한결에게 경의를 표했다.

짝짝짝짝!

마치 며칠 전부터 짜 놓았다는 듯, 한결의 입장과 함께 박수갈채가 쏟아졌다. 심지어 도떼기시장과 같았던 어수선한 분위기마저 사라져 버렸다.

분위기의 완벽한 반전이었다.

'온, 오프 스위치를 누른 것 같은 반응이네요.'

-그만큼 변화에 민감하다는 뜻이겠지. 네가 대표이사가 되었으니 아주 작은 것이라도 흠 잡히기 싫다는 뜻이 아니겠냐?

세상에 옥에 티 같은 허물 하나쯤 없는 사람은 없다.

그러나 이곳은 회사다. 아주 작은 허물이라도 대표이사에게 발각되는 날엔 그대로 회사생활을 접어야 하는 곳이다.

당연히 기민하게 행동할 수밖에는 없었다.

그건 한결 역시 너무나도 잘 알고 있는 사실이었다.

툭툭.

단상 위에 올라 마이크 테스트를 해 보았다.

'음량이 꽤 크네요.'

—약간의 압도적인 효과를 주기 위함이겠지?

'압도?'

—원래 스피치는 소리가 좀 커야 하거든. 내 경험상 그렇게 해야 나를 절대자로 인식하게 되더라고.

'그럼 이건 서창준 비서가 일부러 연출한 상황이라는 뜻이네요?'

—그럼 셈이지. 역시 정치에도 능하단 말이야!

사람을 돋보이게 만들고 대외적인 이미지 메이킹을 하는 것은 뛰어난 정치역량이 없으면 절대 불가능한 일이다.

서창준은 어쩌면 킹메이커의 기질을 가지고 있는 것인지도 몰랐다.

한결은 서창준이 차려 놓은 밥상 위에 올라갔다.

"안녕하십니까. 신임 대표이사 신한결입니다. 만나서 반갑습니다."

짝짝짝짝!

이건 마치 독재자가 된 것 같은 기분이다. 무슨 말 한마디에 사람들이 이렇게 열렬히 환호를 해 주다니 정신을 차리기가 어렵다.

'기분이 묘한데요?'

-군중을 이끈다는 것은 그런 묘한 매력을 가져다주곤 하지. 아마 그래서 정치인들이 그 맛을 잊지 못하는 것 아니겠어?

어쩌면 정치인이야말로 관심종자의 끝판왕이 아닐까? 아마도 한결이 정치와 연이 멀었던 것은 그런 이유일지도 몰랐다.

"우리는 이제 한 식구가 되었습니다. 지금부터는 단합된 모습으로 단 하나의 목표를 향해 달려갈 겁니다."

한결은 손가락으로 천장을 가리켰다.

"목표는 단 하나! 저 천장을 뚫는 겁니다. 여러분과 나, 우리가 힘을 합친다면 반드시 이뤄 낼 수 있는 목표라고 생각합니다."

짝짝짝짝!

어떤 말을 해도 박수가 쏟아졌다.

아마도 이것은 중역들이 만든 처세술의 일환일 테지만, 그래도 듣기에 나쁘지는 않았다.

"긴말하지 않겠습니다. 목표를 이룰 때까지 열심히 달립시다. 최선을 다하는 자에게는 상이, 그러지 못한 자에게는 벌이 돌아갈 겁니다. 이상입니다."

원래 연설은 짧은 것이 최고이지만, 임팩트가 조금이라

도 남아 있을 때 끊는 것도 상책이다.

한결은 임팩트가 남아 있을 때 연설을 짧게 마친 셈이었다.

'연설이 너무 짧지는 않았을까요?'

–어차피 네가 단상 위에서 지껄이는 소리를 끝까지 경청하며 들을 인간은 거의 없어. 그러니 이 정도가 딱 좋아.

'어쨌거나 겉으로나마 사원들에게 충성심이 엿보이는 것 같아 다행이네요.'

–그래! 저런 충성심이야말로 우리에겐 꼭 필요한 것이지. 중요할 때 뒤통수를 치는 놈은 어디를 가나 있어. 그럴 바엔 차라리 이해관계가 맞을 때 서로 주파수를 맞추며 생활하는 것이 낫지 않겠어?

'확실한 욕망!'

–그래! 그게 바로 부하가 가져야 할 최고의 덕목인 거지.

§ § §

확실한 욕망에 따라 회사는 정말 짜임새 있게 재조립되었다.

도대체 이게 바로 한 달 전까지만 해도 다른 회사였는지 싶을 정도로 아귀가 잘 맞아떨어졌다.

"PMI는 완료되었고 자금순환, 투자금 반환, 외부 반출 자금 회수까지 일거에 끝났습니다. 이제 HK그룹은 완전히 하나입니다."

"이렇게까지 손발이 잘 맞을 줄이야."

정말 의외의 시너지였다.

물론 이런 HK그룹의 합병을 곱지 않은 시선으로 바라보는 사람들도 있었다.

"다만, 전경련에서 곱게 보지 않는 모양입니다."

"물론 그렇겠죠. 저 중에는 한강일보 덕을 본 회사들도 꽤나 있었을 테니 말이죠."

서창준은 한결에게 전경련의 적대감에 대해 알려 주었지만, 사실 그것은 한결에게 있어선 극히 미미한 타격에 불가했다.

어차피 전경련이야 당장 한결의 사업과는 크게 관련이 없기 때문이다.

"지금부터라도 정경유착의 고리를 끊어야겠죠. 그러려면 우선 정경련과 거리를 둘 필요가 있다고 봅니다."

"그러나 전경련 없이 굴러갈 수 있는 회사도 있나 싶은데 말입니다."

차상식은 서창준의 말에 고개를 가로저었다.

—안 그렇게 생겨선 말이야, 젊은 사람의 발상이 약간 구시대적인데?

'요즘 전경련은 기업경영에 크게 영향을 미치지 않나 봐요?'

-아예 없다곤 말 못 해도 예전 같지는 않지. 지금 전경련에 가입하지 않은 굴지의 기업이 얼마나 많은데? IT기업만 봐도 알 수 있잖아?

'아!'

대한민국에서 유니콘 기업이 탄생하기 어렵다곤 해도 사례가 아예 없는 것은 아니었다. 오히려 한 방 터지면 한 방에 대기업 반열에 오르기도 한다.

하지만 그렇게 생겨난 기업들은 보통 전경련과는 인연이 깊지 않았다. 굳이 그럴 이유가 없었기 때문이다.

-생각을 잘해야지. 지금은 단체의 중요성보다는 카르텔이나 마피아가 더 돋보이는 시대야. 예전처럼 유교적인 사상이나 전체주의를 강요할 수는 없다는 거지.

'사회조직보다는 이익집단의 결속력이 훨씬 더 강력하다는 거죠?'

-당연하지! 몇 배는 더 차이가 나지 않을까?

그렇다면 지금부터 한결이 해야 할 일은 사조직을 더욱 크게 키우는 것이다.

그는 물류동맹을 조금 더 굳건히 만들어야 함을 절감했다.

"우리 동맹부터 좀 안정화시킵시다. 요즘 근황들은 좀

어때요?"

"일단 우리의 동맹 자체에는 문제가 없습니다만, 자꾸 지자체에서 행정 기조를 어중간하게 잡는 바람에 피해가 좀 있기는 합니다."

"행정 기조라니?"

"언제는 수출 중심적이었다가, 최근에는 수입 중심으로 행정의 포커스를 자꾸 바꾸고 있습니다."

"유연함과는 거리가 있나 보죠?"

"이 정도면 줏대가 없다고 봐야 할 겁니다."

말 그대로 갈대와 같은 정책은 있으나 마나다. 그렇기 때문에 지금 기업들까지도 피해를 보고 있는 것이었다.

하지만 지자체에서 하는 일을 한결이 어찌할 수는 없었다.

"조금 더 지켜봅시다. 우리가 자리를 잡게 된다면 조금 더 유연하게 반응할 수 있도록 세팅을 해 보자고요."

§ § §

HK그룹을 인수한 뒤에도 한결은 계속해서 로한나와 함께 아침을 먹고 골프를 쳤다.

타악!

"나이스샷!"

"이제는 필드에서도 제법 각이 나오는데요?"

"이게 다 싸부의 은공이죠!"

"호호, 그렇다면 다행이고요."

이제는 스크린골프에서 잔디연습장으로 장소를 옮겼다.

비록 실제 크기의 필드는 아니더라도 장타를 치고 퍼팅을 연습하기엔 충분했다.

야산을 깎아서 만든 개인용 골프연습장을 거니는 그녀의 표정에서 약간의 뿌듯함이 느껴졌다.

–좋기는 좋은가 보네.

'아저씨도 이 골프장 알아요?'

–내가 만들었는데 모를 리가 있나.

'이것도 아저씨가 선물한 거예요?'

–난 사실 골프를 별로 안 좋아하는데 말이야, 아내는 비즈니스다 뭐다 해서 몇 번 치더니 취미가 붙은 모양이더라고. 뭐, 그래서 골프연습장 하나 마련해 줬지.

'스케일이… 어후!'

보통은 어지간한 부자들조차도 엄두를 내지 못할 정도의 스케일이었다.

"요즘도 엘레강스하게 경영하고 있죠?"

"노력은 하는데, 잘하고 있는지는 모르겠습니다."

"상상을 해 봐요. 내가 원하는 정보를 당장 찾는 것이 아니라, 창고에 쌓여 있는 정보를 필요할 때 하나씩 꺼내 쓸 수 있는 것. 그게 바로 엘레강스한 경영이라는 거예요."

"아! 스승님처럼 말이죠? 필요한 정보는 항상 웹하드에서 꺼내 쓰곤 하셨잖습니까."

로한나는 한결의 말에 약간 놀란 듯한 모습을 보였다.

보통 그 나이 대의 남자들은 첨단과는 거리가 있었기 때문이다.

"그이가 웹하드를 썼던 것도 알고 있었어요?"

"가끔은 제게 그동안 모아 놓았던 자료를 하나씩 풀어 주시기도 했거든요."

"…정말 제자를 아꼈나 보네요. 원래 그런 사소한 개인 사정까지는 잘 공개하지 않는데 말이에요."

이미 차상식의 속사정을 어느 정도는 알고 있는 한결이야 별일 아니었지만, 그의 아내로서는 놀랄 만한 일이긴 했다.

–하긴 주변에 내 속애기를 잘 안 하긴 했지. 심지어는 이런 사소한 것까지도 말이야.

'그렇다면 싸부가 놀랄 만도 하네요.'

–앞으로는 네가 스스로 내 웹하드에 정보를 하나씩 차곡차곡 쌓는 연습을 해야 해. 로한나에게 잘 배워 봐. 좋은 자양분이 될 거야.

'내 스스로… 라?'

언제가 되었든 간에 한결은 반드시 홀로서기를 해야 할

때가 올 것이다. 만약 그렇게 된다면 지금보다는 조금 더 짜임새 있는 정보활동이 필요하다.

"싸부는 여기저기서 정보를 받으시잖아요? 보통은 그런 정보통을 어떤 방식으로 관리하시는 겁니까?"

"엘레강스로 가는 길은 멀고도 험해요. 보통은 남들이 알아서 내게 정보를 물어 오도록 하죠. 물론 처음에는 정보통들이 움직이도록 떡밥을 하나씩만 투척해 줘요. 그러면서 내가 대단한 사람이라는 것을 일깨워 주는 겁니다. 그런 식으로 명성이 쌓이다 보면 굳이 관리하지 않아도 정보를 물어다 주게 되어 있다는 거죠."

"아!"

차상식이 알려 준 정보수급방식과 비슷한 것 같으면서도 약간 더 디테일한 면이 있었다.

한결은 이제부터 그 디테일을 살리는 수업을 받게 될 것이었다.

"떡밥을 던져 보자고요. 어차피 사모펀드들과 함께 탈중국, 탈유럽 자본을 잡아챌 거잖아요? 그때 제대로 교육과정을 밟아 보자고요."

"음! 그럼 30조 원 규모의 투자금은 어떨까요?"

"그래요, 최근 미국에서 탈주한 자금의 규모가 점점 늘어나고 있다고 했죠? 좋네요. 시작이 반이라고, 처음에는 비교적 큰 미끼를 던질 수 있는 대범함도 있어야 하겠죠."

모든 것에는 시작이라는 것이 있다.

한결은 시장에 미국이라는 미끼를 꿰어 던져 보기로 했다.

§ § §

미끼를 끼워 던지는 것은 생각보다 간단한 일이었다.

[…투자귀신 군단, 미국으로 진격?]

[AS컴퍼니, 30조 탈주 외화 미국으로 유도하기로…]

"신문기사 딱 두 줄이네요. 이걸로 떡밥이 될까요?"

−떡밥이 되고 안 되고는 소식을 퍼 나르는 놈들이 과연 어떤 놈들인가에 따라서 다르지 않겠냐?

한강일보에서 먼저 위와 같은 소식을 신문기사로 실었다. 물론 헤드라인은 아니고 경제면 한 귀퉁이에 작게 실렸을 뿐이다.

그러나 이 효과는 생각보다 강력했다.

똑똑.

"대표님, 서 비서입니다."

"네, 들어오세요."

아침 일찍 기사를 확인하고 있던 한결에게 서창준이 인사를 건네 왔다.

90도로 고개를 숙인 그는 집무용 책상에 태블릿PC를 내려놓았다.

[투자귀신 측 투자기획 확인 요망…]

“방금 창진증권 한태신 부장에게서 온 메시지입니다.”

한태신은 이제 트레이딩부를 이끄는 성공한 투자자가 되었다. 하지만 아직도 그는 투자귀신을 추종하고 있었다.

다만 이제는 굳이 투자귀신을 귀찮게 하기보다는 그 측근들에게 메시지를 보내 사실을 확인하는 편이었다.

“사실이라고 전해 주세요.”

“대표님, 사실은 이런 메시지와 이메일이 상당히 많이 와 있습니다. AIB 측에서도 사실 확인을 요청했고요.”

연줄이 닿는 사람들이라면 30조 원 규모의 자금이 미국 시장으로의 유입이 사실인지 확인하고 싶어 몸이 달아 있었다.

이 정도면 시장이 어떤 반응을 보일지는 안 봐도 뻔했다.

‘이걸로도 떡밥이 되는구나!’

–아직도 신문이 가진 힘은 대단해. 오히려 인터넷 매체라든지 SNS보다 훨씬 더 강력한 전파력을 갖고 있지. 왜냐? 회사의 윗대가리들이나 정치인들은 모두 신문을 보거든.

‘엉? 혹시 그렇다면 아저씨도 그런 이유 때문에 신문사

를 인수한 거예요?'

—아주 아니라면 거짓말이겠지.

'아하!'

이제 차상식의 짜임새에 대해선 굳이 논하지 않았다. 그래 봤자 내 입만 아플 테니까.

한결은 더 이상 의문을 품기보다는 차상식의 행동에서 그저 가르침을 구할 뿐이었다.

"사실확인을 요청하면 그렇다고 해 주세요."

"하지만 아직 정확한 스케줄은 나오지 않았다고 하시지 않았습니까?"

"정확한 스케줄은 없어요. 하지만 청사진은 있죠."

"아!"

"우리가 가진 청사진은 아직 공개할 수 없습니다만, 어쨌거나 투자귀신이 움직이는 것은 사실이니 그렇게 일러두세요."

서창준 역시도 처음에 한결이 어떤 행동을 했을 때에는 의구심을 품은 적이 있었다.

하지만 이제는 달랐다.

한결이 하는 행동에 굳이 의구심을 품기보다는 그저 따르는 길을 택한 것이었다.

"바로 실행에 옮기겠습니다."

서창준은 한결의 말 한마디에 빠릿빠릿하게 움직였다.

이제부터 문제는 과연 어떤 방식으로 중국과 유럽에서 탈주한 자본을 움직이느냐다.

'자본이 움직이긴 하는데, 그걸 끌어 올 방법이 뭐가 있을까요?'

-어쨌거나 미국으로 자본이 들어갈 것은 분명한 얘기잖아. 그렇지?

'법인세 인하 조건이라면 당연히 미국으로 들어가겠죠.'

-그렇다면 방법은 오로지 하나야. 놈들이 혹할 만한 것을 만들어 내는 일.

'혹할 만한 것들이라…….'

-내가 예를 하나 들어 줘?

§ § §

[마영준 간사 : 소재 회사에 대한 매칭을 해 봤습니다만, 한국에서는 찾기 어려울 것으로 보입니다]

"아무래도 한국에서는 적당한 투자처를 찾기가 어려울 것 같은데요?"

-별수 없지. 일반은 매칭만 신청해 놓고 해외에서 돌파구를 찾아보는 수밖에.

차상식이 제안한 투자처는 바로 소재 회사였다.

최근 전 세계적으로 신소재에 대한 이슈가 끊이지 않고 있는데, 이를 대변하듯 소재 회사들에 대한 투자가 상당히 활발한 편이었다.

다만, 워낙 인기가 많다 보니 엔젤투자로서는 적당한 투자처를 찾기 어렵다는 것이 문제였다.

—이제 막 생겨난 벤처기업들이라고 해도, 일단 자기들만의 무기 하나쯤은 다 가지고 있거든. 그런 짜임새만 있다면 사실상 투자자본이 몰리는 것쯤이야 정말 별거 아니야.

"자본이 몰리니까 주가도 빠르게 상승할 것이고, 굳이 창업 초반에 무리하게 지분 나눠 줄 필요도 없겠네요?"

—그게 바로 핫한 아이템을 가진 자들의 특권이라 할 수 있겠지.

"흠……."

여러모로 신소재 관련 사업이 유망하긴 하나 돈을 가져와도 투자를 받아 줄 회사가 마땅치 않았다.

그렇다면 한결이 해야 할 일은 한국에서 벗어나는 것이었다.

"그럼 일본은 어때요?"

—일본은 수십 년간 소재 강국으로 군림하고 있는 나라야. 해외자본의 유입이 그렇게 쉽지는 않을 것 같은데?

"한일 양국은 어렵다. 그럼 뭐, 하는 수 없이 독일로 가야 하는 건가?"

―독일도 나쁘지는 않지. 탈주하는 자본을 잡아챌 수 있는 지금이라면 투자 타이밍도 꽤 괜찮을 것 같기도 하고.

"유럽 전역으로 지역을 넓혀서 투자처를 좀 알아볼까요?"

―어떤 방식으로든 돌파구를 찾아봐. 방법은 상관없어. 중요한 것은 결과니까.

한결은 마영준 간사에게 국내 매칭을 요청한 다음, 서창준에게 투자처를 좀 알아보라고 지시할 생각이다.

한데 마치 한결의 마음을 알았다는 듯, 서창준이 그를 찾아왔다.

"대표님!"

"음! 서 비서, 안 그래도 찾아가려던 참이었는데, 마침 올라왔네요?"

"문제가 생겼습니다."

고개를 갸웃거리는 한결.

그런 그에게 서창준은 서울시청에서 보내온 공문을 내밀었다.

[용도변경에 따른 건물 정밀시찰]

"용도변경? 이게 뭡니까?"

"우리가 이 건물에 입주하기 전, 누군가 용도변경신청을 해 놓은 모양입니다. 그래서 시청에서 시찰을 나온다는데, 만약 용도변경신청이 받아들여진다면 우리는 이것을 주거용으로 바꿔서 사용해야 합니다.”

한결은 절로 눈살을 찌푸릴 수밖에는 없었다.

이곳을 매입할 때 용도변경을 신청한 적이 없었기 때문이다.

“뭔가 착오가 있는 모양인데요? 우리는 용도변경을 신청하지 않았습니다.”

“일단 그렇게 소명하기는 했는데, 서울시청에서는 신청된 사안에 따라서 시찰을 해야 한다고 합니다.”

“취소하는 쪽으로 가닥을 잡아 보자고요.”

아무리 생각해 봐도 황당하기 이를 데 없는 소리였다.

도대체 본인도 하지 않은 용도변경신청이 되었단 말인가?

일단은 당장 문병선에게 연락부터 해야 한다.

[나 : 서울시청에서 다소 황당한 소리를 하는데 말입니다. 어떻게 된 일인지 확인해 주실 수 있습니까?]

[홍익 문병선 변호사 : 시청에서 보낸 서류가 있을 겁니다. 제게 보내 주십시오]

문병선은 일처리가 빠른 사람이다. 한결이 서류를 보내자마자 읽어 본 뒤, 바로 조사에 착수했다.

[홍익 문병선 변호사 : 일단 서울시청에 문의해 보겠습니다. 잠시만 기다려 주십시오]

문병선에게 연락을 취한 뒤, 한결은 생각에 잠겼다.

일이 이렇게까지 된 것은 누군가 명의자 몰래 신청서를 넣었다는 뜻이다.

그렇다는 건 어디선가 중간에서 명의를 도용했거나 누군가 월권을 저질렀다는 애기가 된다.

'우리 회사에 벌써 배신자가 나온 건가?'

-배신자야 언제 어디서나 나올 수 있지. 하지만 문제는 시기 아니겠냐?

'아!'

한결이 이 건물을 매입할 당시에는 AS컴퍼니의 외형이 갖춰지기 이전이었다.

그러니까 이 건물을 매입했다고 쳐도 중간에 누가 끼어들 틈조차 없었다는 뜻이다.

'…만약 누가 욕먹을 작정을 하고 일부러 신청서를 슬쩍 끼워 넣은 것이라면요?'

-그건 말이 되긴 하는데, 시청에서 미치지 않고서야 용도변경 비용만 수십억이 나올 짓을 했겠어?

'그것도 아니면, 용도변경을 통해 누군가 이득을 편취하려는 건가?'

—생각해 봐. 서울시청에서 이런 식으로 나왔을 때, 과연 누가 가장 큰 이득을 볼까?

이득을 취할 만한 사람을 생각해 보았으나 딱히 떠오르는 이는 없었다. 오히려 이것으로 손해를 볼 사람들만 생각날 뿐이었다.

'일단 용도변경으로 삽질을 하면 서울시청만 욕을 먹을 거고, 우리에 대한 조사기반도 마련하게 되겠죠.'

—아니면 네 측근과 어느 정도 거리를 두게 만들려는 수작일 수도 있고.

'측근?'

—문병선 말이야.

'아! 법률자문을 떼 내려는 시도일 수도 있겠네요!'

§ § §

"…신청서가 들어간 게 확실해요?"

문병선이 서울시청에 용도변경 신청서에 대해 알아보니 벌써 신청서가 접수되어 감리 및 감사가 진행 중이었다. 심지어는 이제 곧 측량까지 시작할 것이라고 했다.

—전산상에 분명 그렇게 나와 있던데요.

"혹시 뭔가 착각하신 건 아니고요?"

—에이! 착각은 그쪽에서 하셨겠죠.

착각이라는 말에 서울시청은 발끈하여 반박했다.

죽으면 죽었지, 자신들의 잘못은 아니라는 식이었다.

하지만 문병선도 물러설 생각이 전혀 없었다.

"아닙니다. 우리 쪽에선 그런 적이 없다니까요?"

–나 참, 그럼 뭐가 어떻게 된 거라는 겁니까?

"신청서가 접수된 날짜가 언제입니까?"

–어…… 잠깐만요. 서류를 접수한 날짜가… 안 나와 있네? 잠깐만 기다려 보세요. 확인해 보고 연락드릴게요.

전화가 바로 끊어졌다.

문병선은 살짝 멈칫거리다 수화기를 내려놓았다.

"날짜가 안 적혀 있다니?"

보통의 공무는 접수날짜와 시행날짜를 전산에 기록하게 되어 있다. 만약 지금이 6~70년대였다면 몰라도 컴퓨터와 인터넷이 이렇게까지 발달해 있는데 기록누락이라는 건 말이 안 되는 소리였다.

문병선은 뭔가 잘못되어도 한참이나 잘못되었음을 느낀다.

따르르르릉!

끊어진 전화가 이내 다시 울렸다.

"네, 문병선입니다."

–변호사님! 지금 알아봤는데요. 용도변경이라는 게 임시조치라고 나오는데요?

"임시조치요? 그게 뭡니까?"

–중앙정부나 행정부에서 특별조치를 시행하기 전에 일단 가제를 달아 놓는 거라네요.

"…그런 조치가 있었던가요?"

–뭐 아무튼, 그렇게 되었네요.

"그럼 그 특별조치라는 게 뭡니까?"

–금감원 조사 시행이라는데요?

순간, 문병선의 얼굴에서 핏기가 빠르게 사라져 간다.

도대체 금감원이 이렇게까지 급히 움직일 일이 뭐란 말인가?

"…금감원이 갑자기 무슨 조사를 한다는 건데요?"

–그야 우리는 모르죠. 일단 임시조치를 걸어 놓은 국토교통부에 연락해 보시는 게 낫지 않겠어요?

"아니, 아까는 금감원이라면서요."

–아! 그건 금감원 요청이라고 나왔고요. 실제로 시행한 쪽은 국교부고요.

"허!"

일이 묘하게 꼬여 있었다.

이렇게 휘뚜루마뚜루 행정을 처리해 놓으면 민원을 역추적하는 입장에서는 시간이 너무 오래 걸릴 수밖에는 없다.

문병선은 이게 바로 함정이라는 것을 깨닫게 되었다.

"…덫인가?"

아무리 생각해 봐도 일부러 일을 이렇게 꼬아 놓았다는

생각밖에는 들지 않는다.

만약 그렇다면 이 사건을 사주한 범인이 있을 것이었다.

문병선은 우선 금감원에 전화를 걸어 보았다.

–네, 금감원 민원담당입니다.

"수고하십니다! 홍익의 변호사 문병선이라고 하는데요."

–네, 그런데요?

"다름이 아니라 우리 클라이언트를 상대로 금감원 조사가 진행될 것이라고 하는데 말입니다.

–클라이언트 성함이나 사명이 어떻게 되는데요?

"AS컴퍼니입니다."

–AS…….

수화기 너머로 공무원이 전산을 두드리는 소리가 들렸다.

이윽고 다시 목소리를 내는 공무원.

–저희 쪽에는 접수된 게 없는데요?

"아! 그게, 국교부에서 서울시청으로 긴급요청을 걸어서……."

–그럼 국교부로 연결해 드릴게요. 문자 하나 보내 드릴 테니까 전화 끊어지면 그쪽으로 전화해 보세요.

따르르르릉!

"아, 젠장!"

곧바로 전화가 돌려졌다.

아무래도 며칠이고 계속 뺑뺑이만 돌게 될 것이 뻔했다.

이대로라면 누군가 뭘 노리고 이런 짓을 한 것인지 알아내기 힘들어진다.

"…위기인데, 이거?"

§ § §

[홍익 문병선 변호사 : 지금 세종 정부청사인데, 이틀째 뺑뺑이를 돌고 있습니다]

"뭐 이런 개 발 같은 행정이 다 있지?"

–일부러 뺑뺑이 돌리는 거네.

"와! 이러면 변호사가 할 수 있는 게 별로 없지 않나요?"

–별로가 아니라 아예 하나도 없지. 이건 뭐, 시행을 하는 것도 아니고 안 하는 것도 아니고.

"아니, 그나저나 용도변경이 되면 어떻게 되는 건데요?"

–일단 용도변경이 되어도 별다른 문제는 없지. 다만, 그 이후에 들어올 금감원 조사가 문제 아니겠어?

대응을 할 수 없다는 것, 그것이 지금으로선 가장 큰 맹점이었다.

"…아놔! 이렇게 되면 미국으로 자금을 끌어가는 건 어림도 없게 되는 거 아니에요?"

–그렇지. 미국은 투자 자체가 까다로운 나라야. 단순히

투자금만 불입하는 것이 아니라 현지에 공장을 세우는 문제잖아. 게다가 네가 유럽에서 적당한 매물을 봐 뒀다고 해도 실질적으로 인수까지는 시간이 다소 걸릴 거야.

"정부에서 저렇게 임시조치를 걸어 놔서요?"

–이제 곧 저게 조사대기로 넘어갈 텐데, 그럼 투자 적격에서 보류될 수 있어. 잘못하면 유럽에선 바이아웃을 할 수 없도록 제재를 걸 수도 있고.

"…부실규모가 안 그래도 큰데 해외에서 이상한 사모펀드가 건너오면 큰일이니까요?"

–당연하지. 너 같으면 안방으로 도둑이 쳐들어오겠다는데 어서옵쇼, 하고 문 열어 줄래?

"젠장, 어떤 새끼들인지 대충 감은 오는데…… 당장 손 쓸 수 있는 방도가 없네요?"

정치권을 건드렸고, 그들과 연관된 회사를 연달아 먹어치웠다.

지금으로선 한결의 숨통을 서서히 조이는 것만이 유일한 돌파구였을 것이다.

"지금이라도 정보를 공개해야 할까요?"

–아니, 시기상조야. 내가 항상 얘기하지, 뭐든지 때가 있는 법이라고.

"하지만 지금으로선 저놈들의 압박에서 벗어날 방법이 없잖아요?"

—흠…….

하필이면 정부기관에서 회사의 해외진출 루트를 전부 막아 버리는 바람에 일이 어렵게 되었다.

이번엔 차상식도 약간은 고민이 되는 모양이었다.

"정면돌파밖에는 답이 없지 않을까요?"

—…가만히 있어 봐, 생각 좀 해 보게.

상황을 들으면 언제나 답이 딱 나왔던 차상식이 이렇게 오래 고민하는 것은 처음 본다.

한결은 그만큼 진퇴양난의 국면이라고 생각했다.

하지만 차상식은 전혀 엉뚱한 것으로 고민하는 중이었다.

—이러면 정치인들에게서 뜯어먹을 게 별로 없어지는데?

"지금 그게 중요해요? 일은 다 벌여 놨는데, 수습이 안 될 수도 있는 거잖아요."

—벌여 놔? 뭘? 아직 우리는 출자도 안 했는데?

"여기저기 투자를 하겠다고 정보는 다 흘려 놨는데, 그게 무산되었다는 얘기잖아요. 그럼 김빠져서 우리가 앞으로 치고 나갈 힘을 잃게 될 수도 있지 않을까요?"

—인마, 세력들의 지지를 얻는 게 뭐 그리 중요하다고 호들갑이야?

"이건 신뢰의 문제인데요?"

—신뢰의 문제라니? 우리가 무슨 약속이라도 어겼어? 투

자계획이 있냐는 말에 대답만 좀 해 준 것이 다였는데?

"어? 생각해 보니 그러네."

—출자된 돈도 없는데 뭔 상관이야? 지금 문제는 그게 아니라니까? 우리가 뒤통수를 맞아서 생긴 손해를 어떻게 하면 저놈들에게서 뜯어낼 수 있을까! 그걸 생각해 봐야 한다고.

"…당하고는 못 산다?"

—죽빵을 맞았으면, 상대가 코피 나게 패야지! 우리의 신뢰가 깨지는 것보다 남들이 우리를 우습게 보는 게 더 문제가 돼! 그게 바로 투자판이라는 곳이야! 알겠어?

"하긴, 약육강식의 세계에서 그것보다 더 큰 문제는 없죠!"

다른 건 생각할 것도 없었다.

과연 어떻게 반격해서 저놈들을 두들겨 패 줄 것인가.

한결이 생각할 것은 오로지 그것뿐이었다.

"이 새끼들, 똥줄 한번 제대로 태우게 해 줘?"

느슨해진 관계에 긴장감을 줄 필요가 있을 것 같다.

§ § §

강남의 룸살롱 '물랑루즈' 앞으로 검은색 세단들이 달려와 멈춰 섰다.

"크흠!"

"차관님 오셨습니까?"

"아니, 뭔 저녁을 이런 데서 먹자고 그래? 상스럽게 말이야."

"오늘 초 에이스들로만 픽업했습니다. 초이스하시면 마음에 드실 겁니다."

"…나 참."

물랑루즈는 기업인들과 정치인들, 심지어는 관계 인사들까지 드나드는 강남 최고의 호스티스 클럽이다.

얼마 전부터는 회원제로 전환되면서 아무나 들어갈 수도 없는 철저한 보안시스템으로 이뤄진 곳이 되었다.

오늘은 관계 인사 여섯 명이 한자리에 모여 술잔을 부딪치기로 했다.

똑똑.

룸의 문을 열자 양 옆구리에 자기 딸뻘인 아가씨들을 끼고 놀고 있는 의원들이 보인다.

"어이, 박 차관! 어서 와!"

"…에이, 진짜! 우리 이러지 맙시다! 왜 자꾸 이런 후미진 데서 놀아? 저 경기도 외곽에 나가면 좋은 요정도 많구만!"

"때론 이렇게 도시 바람도 쐬고 그러는 게 정신건강에 좋아! 요즘 국토부에서 굴러먹느라 애썼을 텐데, 잠깐 앉아서 쉬다가 가! 코도 좀 풀고!"

야당의 재야인사 1순위이자 검은돈의 칼잡이로 불렸던

박충석은 최근 감사원에서 국토교통부로 자리를 옮겨 고군분투 중이다. 그런 그에게 서울시 부시장 민홍섭이 은밀히 술자리를 제안해 온 것이었다.

몹시도 서운한 것이 많은 눈치, 박충석은 짐짓 모르는 척 소파에 걸터앉았다.

"나 참! 형님 동생 할 때는 언제고! 사정이 어려워지면 바로 안면몰수해 버리네?"

"내가 미안해! 요즘 경기 어렵네 뭐네 말이 많잖아! 그래서 내가 오버 좀 했어! 미안해, 동생!"

민생문제로 최근 서울시와 트러블이 많았던 국토교통부는 차관급 인사끼리 날카로운 언쟁이 오가곤 했었다.

사실은 대학 선후배 사이에 이렇게까지 비난을 일삼은 것에 박충석은 서운함을 느끼고 있었다.

"진짜 나니까 이렇게 넘어가는 거야! 아시죠?"

"에헤이, 그럼! 내가 그걸 모를까 봐서? 어이, 마담아! 애들 좀 불러와라!"

그런 섭섭함은 미니스커트를 입은 아가씨들로 인해 금세 풀렸다.

한껏 미소로 물드는 박충석의 얼굴.

"오라버니들, 오늘 타이밍 잘 맞추셨네요! 마침 첫 출근 도장 찍은 재원들이 들어왔는데."

"오! 재원? 어느 정도?"

"한 명은 와세다, 한 명은 뉴욕대."

"…대화가 제법 통하겠군."

때론 미모가 아니라 지성을 더 쳐주는 사람들이 있다. 자신의 모자란 자존감을 채우는 데 잘난 여자를 자빠트리는 것만큼 극한의 카타르시스도 없다는 것이다.

박충석이 딱 그런 사람이었다.

양옆에 아가씨 둘을 끼고 있는 박충석의 얼굴엔 미소가 완연했다.

"와세다?"

"네! 얼마 전에 일본 유학에서 돌아와 잠시 용돈 버는 중입니다!"

"대답도 잘하네! 그쪽은 뉴욕대?"

"방학기간에 잠깐 한국으로 들어왔어요. 번역 알바는 영 재미가 없어서."

"으흐흐! 아주 버라이어티하구만!"

인간에게 위신이라는 건 때론 이렇게 가볍고 간사한 것이다.

누군가가 말한, '권력은 욕망을 좇는 사냥'이라는 말이 딱 맞는 말이었다.

민홍섭은 술잔을 들고 자리에서 일어섰다.

"자, 그럼 건배하자! 우리 자랑스러운 대한민국의 국민들께서 피땀 흘려서 벌어 주신 돈으로 오늘도 회포 한번 거하게 풀어 보자고!"

"충의, 정의, 민생!"

"건배!"

§ § §

"…지랄 났네, 지랄 났어."

실시간으로 녹음되는 고위공직자들의 건배사를 듣는 유미연의 표정이 시시각각으로 일그러졌다.

그녀는 이상한 제보자에게서 재미있는 건수가 있다는 메시지를 받았다. 그리고 첨부된 URL을 클릭해 들어가 보니 이런 음성이 들려오는 것이었다.

더 이상 들어 주기 역겨워 힘들었지만 꾹 참고 견뎠다.

이걸 기사로 쓰는 순간 저놈들은 그야말로 나락으로 떨어질 테니까.

—…으하하! 내 칼을 받아라!

—어머, 차관님! 멋져요!

"와, 진짜… 죽빵을 얼마나 갈겨 줘야 하는 거야, 이거?"

국민들 혈세로 미친 듯이 노는 것은 둘째 치고 취향이 너무 거지 같아서 귀가 썩어 버릴 것 같았다.

하지만 이것이 현실이었다.

-그나저나 그 쓰레기 같은 새끼들은 어떻게, 잘 처리하고 있는 거죠?

-에이, 걱정하지도 마! 이제 미국은커녕 코앞의 일본에도 진출 못 해. 이 새끼들이 말이야, 감히 하늘 높은 줄도 모르고 설쳐?

-크흐! 역시, 우리 형님!

아마도 AS컴퍼니의 해외진출을 막아 놓은 얘기일 것이었다.

정경유착도 아니고, 이건 뭐 그냥 권력남용 아닌가? 그런 얘기를 서슴없이 하는 것을 보면 깡다구가 좋거나, 남들 눈치 따윈 신경 쓰지 않는 것이 분명했다.

"…대한민국의 법이 뭣 같으니까 저러지."

법으로도 처벌할 수 없는 놈들이 있다. 아니, 처벌을 받는다고 해도 분명 솜방망이 처벌로 끝이 난다.

이것이 바로 자칭 대한민국의 귀족, 정치인들이라는 인간들의 민낯인 것이다.

-이제 곧 백기 들고 우리한테 사과박스 알아서 안길 거야. 그러니 자네들은 이제 걱정할 것 없이 나랏일에만 집중

하면 돼!

—아이고, 형님! 감사합니다! 우리 형님이야말로 나라의 충신이지, 충신!

—충신? 명재상! 만인지상이라고!

—으하하하!

저러고 노는 게 뭐 그리 좋은 것인지 이해는 안 되지만, 어쨌건 간에 술에 취하니 별의별 소리를 다 지껄인다.

처음엔 역겨웠지만, 시간이 지나면 지날수록 그녀의 입꼬리가 씰룩거렸다.

"크큭! 멍청한 놈들! 법이 처벌을 못 해? 그럼 국민들의 철퇴를 한번 맞아 봐라, 이것들아!"

기사를 쓸 생각에 유미연은 가슴이 두근거리기 시작했다.

§ § §

[…대한민국 관계의 현실]

[썩어 가는 세종시 정부청사, 이대로 괜찮은가?]

[잠입취재, 고위공무원들의 민낯]

"으흐흐! 이거지!"

—그래도 바로 명찰 안 까고, 관계로 칼을 쑤셔 박았네?

"지금은 때가 아니죠. 아직 받아먹을 게 얼마나 많은데! 지금은 그저 메시지만 전달할 뿐인 거잖아요?"

-그래, 바로 그게 정치라는 거야.

한결은 정치인들을 잡아 족치는 것은 일단 보류했다. 아직 그럴 때가 아니라고 생각한 것이다.

게다가 저런 뻔한 수에 걸려들 것 같았으면 애초에 정계에 데뷔하지도 못했을 것이라는 게 한결의 생각이었다.

"조금 더 정교한 덫을 놔야 하지 않을까? 그런 생각을 한 거죠."

-맞아! 괜히 섣불리 덫을 놨다가 괜히 피 보느니, 제대로 준비해서 한 방에 요단강으로 보내 버리는 게 낫지.

"자, 그럼 메시지도 보냈으니 답장이 오겠죠?"

때론 그 어떤 주먹질보다 강력한 메시지가 치명타가 될 때도 있다.

너희들보다 나는 언제나 한 발자국 앞선다는 메시지로 똥줄을 타게 만든다면 얼마든지 더 큰 성과를 낼 수 있다는 게 한결의 생각이었다.

똑똑.

한결의 집무실에 인기척이 느껴졌다.

서창준 비서였다.

"대표님, 정부에서 우리에게 걸었던 제한이 다 풀렸습니다."

"당연히 그래야지요. 지금 세상이 어느 때인데?"

"그리고 서울시청에서 이번 투자에 대해 전폭적인 지지 의사를 밝혔습니다. 대한민국의 기업들도 미국으로 진출해 꿈을 펼칠 수 있도록 돕고 싶다면서요."

정계가 내민 악수일까?

한결과 차상식은 거의 동시에 고개를 가로저었다.

'약을 치고 있네?'

–정치인들이야말로 화전양면 전술의 대가들이라고 할 수 있지.

서울시의 제안은 받아들여지지 않았다.

"우리는 우리의 길을 갑니다. 미국으로 진출하고 싶으면 알아서 하라고 하세요."

"서울시와는 손을 잡지 않겠다는 말씀이십니까?"

한결은 슬그머니 미소를 지었다.

"뭐 하러 서울시와 손잡아요? 미국이라는 거대시장이 있구만.

"아?!"

최고의 방어전술.

바로 우군의 선제타격이다.

『투자의 귀신』 7권에서 계속